Je l'attendais là, près du réverbère. C'est souvent moi qui décide des lieux de rendez-vous. Je m'émerveillais de la douceur qui régnait sous cette faible lueur que mon compagnon du moment dégageait. Pourtant, j'avais passé la journée devant la télévision. J'aurai dû sortir. Si j'avais su.
Au fond de moi, je savais qu'il ne viendrait pas. Il a peut-être pris ça pour un traquenard. Il déteste les ultimatums. Il ne s'agissait pas de ça, juste envie de parler, pour une fois.

Je venais de quitter la brasserie, après mon cinquième café, le murmure des conversations, le papillonnage du garçon m'avait lassé. C'est à ce moment-là que j'ai choisi ce lampadaire. Sa petite luciole m'avait redonné un brin d'espoir, mais je rentre chez moi.

Je ne reverrai plus jamais Daniel.

- Mathilde, Mathilde, arrive ici.

- ...

- Mais qu'ai-je fait pour mériter une fille pareille, pour l'amour du ciel... Mathilde.

Mathilde entendait le râle quotidien et forcé de sa belle mère fendre le silence. De la patience, beaucoup de patience, le pire : c'est juste un petit rhume. La barbe. Mathilde pouponne, berce, endort, calme, soigne les bobos quotidiens de cette femme ingrate, sans un mot, sans un merci.

- J'arrive, j'arrive tout de suite.

Sa silhouette généreuse se dessine dans l'embrasure de la porte. Le spectacle qui s'offre à elle lui fait peine à voir. Ridicule. Cette femme aurait dû faire comédienne, vraiment. À demi nue, elle gisait entre des draps blancs que son irrésistible refus

d'utiliser des mouchoirs avait quelque peu tâché ici ou là.
Elle s'était frotté les yeux jusqu'au sang, juste pour avoir l'air un peu plus tragique. Plus pathétique aux yeux de Mathilde, mais elle ne s'en doutait pas un seul instant.

Mathilde savait très bien comment la duper, son ton mielleux transpirait pourtant la haine, suppurait le désespoir, mais rien, non, rien, ne pourrait la trahir. Il fallait faire face jusqu'au bout. Et elle le ferait.

- Madame Rutini, que vous arrive t-il ? Il faut faire attention à vous, si vous vous égosillez ainsi, vous allez être aphone.

- Si tu n'étais pas bonne à rien, je n'aurais pas à m'égosiller, tu devrais être à mon chevet de toutes les façons.

- Je vous préparais une bonne soupe pour vous réchauffer et vous permettre de mieux dormir.

- Je n'aime pas la soupe.

À ce moment précis, Mathilde aimerait la bâillonner, la rouer de coups, lui cracher son venin, mais un incroyable silence sera l'unique réponse à son odieuse interlocutrice.

Après avoir tapoté l'oreiller, ramené au bord du lit ce petit corps rabougri par la méchanceté, Mathilde prie pour qu'elle s'endorme rapidement.

On épouse le fils mais pas la mère dit-on, c'est comme dire à une femme de flic qu'elle épouse un homme et non sa brigade.
L'homme seul fait vite place au bataillon, à l'escadron des ennuis.

Daniel, si tu pouvais rentrer. Je fais vraiment ça par amour, longtemps que je serais partie, mais bon, je vais prendre mon

mal en patience. Non pas que j'aimerais qu'elle crève cette marâtre, ça n'arrangerait pas mes affaires, Daniel ne le supporterait pas, mais si on pouvait au moins quitter cette baraque qui sent l'ennui et le désarroi, ça nous rendrait peut-être un peu plus légers tous les deux. Je ne sais vraiment pas ce qu'il leur trouve.
On n'est pas obligé d'aimer ses parents, on ne choisit pas sa famille, d'accord. Moi, ça fait longtemps que j'ai mis une croix dessus, mais ce n'est pas une raison pour m'en administrer une autre. Je vais finir par carburer au calmant.

Au fond, je ne sais pas ce qu'il y a de plus difficile, avoir l'impression d'aimer Daniel dans le vide, ou tout faire pour qu'il voie que je prends soin des êtres qu'il aime et que, pour ça, il m'aime un peu.
Je pense que Daniel m'a choisi, non, m'a prise par désespoir de cause finalement. Enfin, c'est surtout que de toutes ses conquêtes, je suis la seule à rester...

Trois ans que je traîne mes guêtres dans ce bourbier de haine. Daniel, aime-moi avant que je crève s'il te plaît, ou avant que je me donne la mort, que je m'offre ce petit bijou de liberté.

Bon, trêve de plaisanterie, j'ai trop de choses à faire pour me morfondre, ce n'est pas tout ça, mais l'entretien de cette maison me donne plutôt du fil à retordre. C'est trop grand, beaucoup trop grand, juste pour nous quatre.
En même temps, il y a ce silence qui prend toute la place...

Il faut que je prépare le dîner. Une bonne chose pour ce soir, elle ne dînera pas avec nous. Je pourrais souffler un peu au lieu de me prendre des réflexions en pleine tête toute la soirée. Je ne suis pas Cendrillon, attention. Au contraire. Elle ne me laisse rien faire. Quand elle daigne être valide, si je bouge le petit doigt, je suis sûre de me

faire assassiner. Elle n'est certes pas la reine de la perfection, il faut juste faire les choses comme elle les aurait faites, elle, c'est tout et cela devrait être simple... Tu parles...

Mathilde entend la porte claquer, son cœur battre deux fois plus vite, elle ne saurait expliquer pourquoi il s'emballe. Elle a bien essayé de le faire taire à maintes reprises, mais c'est en vain, il récidive toujours quand au creux de son oreille se pose ce bruit tellement attendu. Daniel.

Pourtant, Mathilde ne court pas jusqu'à la porte, un peu de fierté, quand même. Elle attend Daniel, là debout dans la cuisine. Elle pose. Affairée devant un oignon qui la fait pleurer. Devant les cendres de cigarettes et les noyaux d'olive de l'apéritif qu'elle a pris seule.

- Salut chérie, papa ne sera pas là pour dîner finalement, il est en déplacement.

- Ah...

Mathilde, calme ta joie, garde ton sang froid, ne lui montre pas que cela te fait trop plaisir.

- Bien. Il en restera pour demain.

Mathilde était restée de dos, elle attendait qu'il vienne l'enlacer. Mais depuis quand une quelconque marque d'affection aurait-elle troublée la routine de leur relation? Lasse, elle s'avance quand même pour faire un geste, le regard froid de Daniel la glace.

- Je te l'ai déjà dit, pas ici, ça me bloque, et puis maman n'aime pas ça. Tu sais, on n'est pas très démonstratif dans la famille.

- Daniel, ta mère est en haut en train de crier le martyr alors qu'elle n'a que le nez qui coule, et ton père n'est pas là.

Qu'est ce qui pourrait nous empêcher de passer une soirée tranquille, romantique en tête-à-tête tous les deux?

Mathilde avait accompagné ses paroles d'un geste affectueux, son bras autour de Daniel.

- Je vais prendre une douche, je suis éreinté, j'ai eu une journée harassante dit-il en se dégageant.

- La mienne fut formidable, ironisa-t-elle.

Daniel monta se doucher. Mathilde attendait en bas, sa peine ravalée grâce à deux rasades de vodka cul sec.

Daniel oublia de descendre pour dîner.

Elle passe sa soirée à ruminer, elle avait compris avant même que Daniel ne le décide lui-même, qu'il ne descendrait pas.

Et puis, quand elle remontera, il acceptera un câlin, celui qui soulage la nature humaine. Animal. Celui qui n'entraîne aucune espèce d'attachement sincère. Fermer la porte à la tendresse, baiser pour baiser.
Apologie du sentiment. Du sentiment? pourquoi s'encombrer de l'inutile?
Fermer toutes les issues, interdiction formelle de ressentir, point de battement de cœur, point de souvenirs encombrants, point de faiblesse.

Prêt pour le décollage physique? Quoi de mieux que l'extase sensuelle dénuée de lourdeur sentimentale?

Selon Daniel, on décide de tomber amoureux, quoi de plus fantastique que de maîtriser l'inévitable? Point de douleur insurmontable, point de crise de larmes, point d'élan, point de laisser aller. Quoi que...

Il y a des formes de détresse dont Mathilde ne sait plus parler.
Et puis, rien ne pourrait changer, ni la tendresse, ni les caresses.
Elle n'en puit plus d'y penser, elle a peur de vivre, tout simplement, et point de mourir, malheureusement. Chaque jour lui fait voir différemment les sentiments des gens, leurs états d'âme.
Un jour le cœur en peine, un autre jour, le calme plat, rien ne brise ses chaînes, elles l'entraînent malgré elle, vers des heures de désarroi. Elle demeure inconsolable.

Mathilde se demande où elle va pouvoir traîner son ennui ce soir, de la bibliothèque à la télévision, pour changer. Une émission littéraire soporifique, un magazine de société, où le voyeurisme larmoyant se donne à cœur joie, pas de télé pour ce soir, marre de s'apitoyer sur le sort d'autrui...

De livre en livre, le doigt qui défile sur les reliures, des pages cornées, des jaquettes, Mathilde se décourage. Rien à faire ici.

Un cahier jauni par le temps. Elle se décide sans y mettre ni envie, ni cœur à l'ouvrage. Elle l'ouvre, ça fera passer ce temps où l'absence de compagnie se fait cruellement ressentir, ça fera passer cette vieille envie de crever juste en s'arrêtant de respirer, ce serait trop facile...
Des pages et des pages manuscrites...

« Il y avait des gens, tous autour de moi. J'étais là avec mon ventre et je me demandais si j'allais boire mon verre de vin rouge cul sec. Mais il paraît qu'il ne faut pas boire, en tout cas, pas dans mon état. Je croise les regards des jeunes filles en mal d'amour, l'œil larmoyant. Il est arrivé juste au moment où j'allais me foutre en l'air, avec lui, je ne peux plus. Je transporte ma douleur, des gouttes de tristesse suintent de mes aisselles, il n'y a pas que les larmes qui sentent le malheur. Il paraît que l'histoire humaine est une vallée de larmes.

Je ne lui dirai pas à ce petit bout d'être, j'aimerais lui faire la vie en rose...
Mais quand même...

Philippe, si tu ne m'avais pas engrossée, on n'en serait pas là tous les deux, on ne se poserait pas de questions, en même temps si c'est pour me dire « la pilule ou le billard », tu rates vraiment des occasions de te taire, malheureux.

J'aimerais vomir ma haine sur tes belles chaussures vernies, en même temps, si tu me laissais le temps de courir vers toi, le temps de te rattraper... Non, mais non. Notre histoire n'est qu'une course folle impossible. Une échappée. Arrête de jouer à cache-cache, laisse moi te retrouver parfois tels que nous sommes. Mais la nudité de ton incompréhension me laisse pantoise, l'évidence de ma souffrance inhérente à ta conquête perpétuelle de liberté t'indiffère. Quelqu'un disait que « la liberté est la plus contraignante des maîtresses ». Je dis bravo à ces prouesses d'écrivain qui savent trop bien mettre des mots sur ma douleur. Moi sans pouvoir l'écrire, je la connais par cœur, ses moindres recoins, ses plus cruels méandres. Elle me déchire. Il n'y a pas de mots, il y a des maux, c'est tout. Et c'est bien suffisant. Alors cesse de jouer, tu ne m'as pas appris les règles, encore une belle leçon d'égoïsme de ta part. Je te voue la haine des êtres qui n'ont plus que ça pour exister. Souffrir pour se sentir vivre. Si tu veux jouer à ça, autant en finir de suite, assassine moi. »

Mathilde est abasourdie, sonnée, elle aurait pu écrire tout ça, elle s'est entendu parler. En lisant, son cerveau s'est aligné sur cette page toute vieille, sans qu'elle puisse rien y faire. Merde, merde, merde.

Bon, d'accord, elle n'est pas enceinte, et ne l'a jamais été, avec Daniel c'est hors de question. Même pas la peine d'aborder le sujet. Ca lui hérisse les poils. En même temps, Mathilde ne se permettrait pas

l'Erreur Fatale, elle n'a pas envie de soumettre le moindre petit être à l'éducation de sa belle-mère. Elle lui mettrait la main dessus, sans broncher, il quitterait le champ de la réalité magique de l'enfance pour se lancer dans la sphère de la cruauté humaine, il supporterait des sautes d'humeur et n'aurait pas le droit de pleurer. Il n'y a que les faibles pour pleurer de toutes les façons, c'est ce qu'elle lui apprendrait. La gueuse.
Il ne faudrait pas en faire un petit bonhomme aigri. Ce serait un comble quand même, alors qu'elle a plein de belles images dans la tête.

Mathilde ne peut plus s'arracher au manuscrit qui prend dans sa main le poids d'un réel trésor de liberté.

Pour ce soir.

« Les hommes peuvent vraiment vous prendre pour un simple dévidoir à sperme. C'en est presque déroutant parfois, ils vous prennent sans vous demander votre avis et lorsque vous murmurez « à quoi ça rime tout ça », ils sont capables de vous dire : « tu y prends du plaisir, non? Alors ne te pose pas de questions, c'est une perte de temps. » Je me rappelle quelques

aventures comme ça, certaines me font rire, d'autres me font peur, je ne m'y reconnais pas. Je préfèrerais qu'on me prenne pour un dévidoir à soie. Sensations plus douces. Il y a une chose aussi qui me rend dingue, c'est leur jouissance si facile, certains peuvent d'un regard vous reprocher leur rapidité, un peu plus et c'est de votre faute. Ils se sauvent aux toilettes, vous laisse seule. Vous ruminez, supportez alors très mal l'évidence de votre nudité. Comme ils savent bien s'y prendre finalement, hallucinants. J'y arriverai un jour, je suis sûre, j'y mettrai un point d'honneur, non point par vengeance, mais ce genre d'attitude me fascine.

Le jour où je suis tombée enceinte, Philippe aurait mieux fait de se casser une jambe plutôt que de marcher sur la troisième... C'est un beau bordel tout ça maintenant. Je ne lui reproche pas de m'avoir baisée, je ne dis pas que je n'y ai pas pris un quelconque plaisir, je pense y avoir mis du sentiment… Belle erreur de ma part.

Peu importe, je suis là maintenant et lui aussi alors on ne va pas se mettre à pleurer sur notre sort.
Philippe est parti, bon, tant pis, il va louper de purs moments de bonheur.
Merde, si je pouvais arrêter de me persuader, ce n'est pas vrai tout ça. J'ai envie de le tuer ce salaud, il m'a pris tout ce qui me restait d'espoir. Moi j'avais toujours envie de croire qu'on pouvait faire comme dans « La petite maison dans la prairie », élever un gosse, qu'il aille couper son bois et que je fasse des tartes aux pommes. C'est moi la tarte, et c'est chez une autre femme qu'il va enfourner son bois désormais… Échardes…

Il faut que je me reprenne, qu'est ce que je peux bien faire, je dois le garder c'est une évidence, j'ai tué Philippe dans mon cœur, je ne peux pas tuer le fruit de l'amour que

j'avais pour lui dans mon corps. Ca me semble impossible. Et pourtant ce serait plus simple, je pourrai partir vers d'autres horizons et me débarrasser de cette culpabilité ailleurs, sans revoir ces visages qui me condamnent. »

« Ça y est, je l'ai fait, je ne m'en sentais vraiment pas capable, mais la mère de Philippe m'a appelé, et je n'ai senti dans son puits de parole qu'un déferlement bordélique de reproches et de mépris, et je me suis sentie mal... Je me suis sentie mal. Non seulement j'avais déjà la nausée à cause de ce gosse qui voulait vivre dans mon corps et l'autre en rajoutait trois tonnes dans ma tête. Je me suis sentie lourde... Comment pouvais-je faire en sorte de ne pas avoir ce nœud de remords, de culpabilité et de malheur au fond de ma gorge, hein comment pouvais-je faire?
C'est très facile de condamner ceux qui donne la mort mais souvent on n'a pas le temps de considérer ceux qui les y poussent. Moi, la première d'ailleurs.
Le pire c'est que la mère de Philippe ne m'a pas parlé comme à une traînée, elle voulait m'aider, me conseiller. C'est ce qui fait le plus mal, c'est exactement ce que je ne voulais pas entendre, même si cela partait d'un bon sentiment :

« Emma, vous gâchez la vie de Philippe et la vôtre par la même occasion, il va vous épouser sans amour, il va se résigner à devenir la « petite chose » masculine dont vous rêvez. Philippe n'est pas comme ça, il ne vous respectera pas, il ira à droite et à gauche, mais vous resterez car vous êtes sa femme et vous l'aimerez en secret. Lui, il vous supportera, il supportera vos petites attentions, il supportera votre envie de le conquérir avec beaucoup de peine. Il est foncièrement né sans cœur, et pourtant ce n'est pas faute d'en avoir voulu autrement pour ma part. J'aimerais encore qu'il soit un petit garçon pour lui donner une gifle, et même, ça n'enfoncera pas dans son crâne l'idée qu'il faut qu'il vous aime. Je serais la première à vous dire de le garder. Je ne suis pas de celles qui pensent qu'une femme ne peut pas élever seule un enfant, mais vous souffrirez Emma et pour rien au monde, je ne voudrai qu'un jour, vous soyez à ma place. Vous savez, aujourd'hui si tout le monde pense que le père de Philippe est mort, tant mieux et j'espère qu'ils ne connaîtront jamais la vérité. Il est juste parti en voyage et n'est jamais revenu, d'un commun accord entre nous deux. J'ai porté du noir pendant des années. Mais je transportais mon deuil de l'amour. Pas de mon mari. Mon deuil du sentiment, pas celle d'un être. Ne faites pas la même erreur que moi, je m'en voudrais toute ma vie de vous avoir fait commettre l'erreur d'aimer par défaut, de vous soumettre à une vie de haine et de ressentiment, juste pour un enfant qui n'a pas vu le jour et qui ne demande pas à vivre avec un père qui n'en veut pas et une mère en mal d'amour. »

Alors, après ce discours, je l'ai tué, je l'ai tué, je l'ai tué. Je suis morte avec lui quelque part. Le médecin était odieux, j'ai dû partir à l'étranger, ma grossesse était déjà bien avancée, trop avancée, comme mes sentiments, toujours sans retour. Je ne parle pas très bien anglais, mais il y a des gestes de reproches universels. Du sang coulait entre mes jambes. J'ai pris un truc abortif, pas d'anesthésie, il fallait que je sente la douleur comme l'enfant pourrait la ressentir, c'était atroce. Je suis restée dans les toilettes un temps qui m'a paru interminable. Je saignais, je saignais, mais je ne pleurais plus, je n'avais plus de larmes, je me suis desséchée pendant que le reste coulait entre mes jambes. C'était rouge, comme mes poignets qui retenaient ces bouts de papier toilette effilochés, imbibés des restes de mon amour avec Philippe. Le rictus insupportable de l'infirmière s'accentuait tant qu'elle me regardait souffrir, pas la peine de demander le moindre calmant, il fallait que je morfle le temps de prendre conscience de mon acte. J'aurais voulu avoir quelqu'un qui me prenne dans ses bras le temps d'un instant et me dise que tout ça n'est pas très grave, mais ça l'était. J'ai dormi avec une petite boule de sang près de mon cœur. Leurs yeux m'ont demandé si je voulais le garder en souvenir, leur air ironique m'a donné envie de vomir, je n'étais qu'une femme de plus qui ne savait pas prendre ses responsabilités. Ils en voyaient tant. Et pourtant j'avais l'impression que c'était uniquement sur moi qu'ils se vengeaient. Je ne suis pas le centre du monde. Peut-être que la souffrance et le désarroi développent chez vous l'égocentrisme. J'ai gardé sur moi le souvenir de l'absence et de la déchirure. J'ai été séparé de quelqu'un que je ne connaissais même pas, je l'aimais déjà. Défaut très féminin de s'attacher avant même que l'autre ne daigne faire attention à votre petite présence. Je ne reproche pas à mon enfant de ne pas m'avoir aimé, je ne lui ai pas donné le temps, ni le choix d'ailleurs.

Je suis rentrée à la maison, je n'avais aucune envie de parler à qui que soit, papa et maman m'attendaient. Ils pensaient que j'étais partie en voyage à Londres pour mon plaisir. Pas besoin de les inquiéter et puis, quelque part ce n'était pas plus qu'un

déplacement pour éviter ma déchéance sociale. N'est-ce pas? Dites-moi oui, je voudrais l'entendre pour ne plus avoir le dégoût de moi-même.

On oublie vite les hommes, de la même façon que l'on s'attache et que l'on se gâche. Je n'ai plus jamais entendu parler de Philippe, ni dans mon entourage par respect envers moi peut être, ni de sa part, par pudeur? Mépris? Dignité ?

Après l'Evènement, j'ai pris une semaine de « congés maladie ». Plus rien n'avait d'importance que mon statut de meurtrière.
Je l'avais fait de sang froid mais le cœur bouillant.
Honnêtement, il m'aurait été difficile de revoir mes élèves et leurs petits minois sans penser à celui d'entre eux qui aurait pu être le mien dans quelques années ; il fallait encore que ceci reste un secret, quelle mère confierait ces enfants à une personne qui n'est pas capable de les garder? Hein? Qui? Aucune je crois et moi la première, je serais un peu déroutée.

Mais il y avait trop d'enjeux...

Semaines de torture. Je me réveillais la nuit, je me réveillais pour boire mes cauchemars, pour survivre à mes frayeurs noctambules. J'étais la somnambule maman qui change les couches d'un enfant mort. Je devais de toutes façons affronter la fin de l'année sans faire de sentiment, sans ombre de variations dans mon comportement, je ne me le serais jamais pardonné et mes bambins non plus.
Faire face.

À mon retour, je demandais à être muté dans un lycée, j'étais apte à travailler dans toutes les classes, les concours ne m'avaient pas fait peur du temps où j'étais écolière, et puis il vaut mieux avoir trop de bagages que pas assez. Moi, je n'aime pas trop mes voyages.

Les mois sont passés vite après, je n'avais pas le temps de penser à Philippe. Je me levais pile à l'heure, trois quart d'heure avant la classe. Une douche, un café, une miette, une cigarette et la violette s'envole.

Août et sa grosse chaleur sont arrivés sans que je m'en aperçoive. Pas de répit pour mon cerveau, pas de vacances pour mes cernes. Je me lève sans arrêt, non je ne dors jamais.
Il faut oublier.
Mes proches ne me comprennent pas, c'est juste un chagrin d'amour, ça se voit tous les jours, je prends trop les choses à cœur.

Je déteste ces gestes quotidiens, je gerbe les caresses, l'affection de ces couples dans la rue, je hais le soleil, la pluie, je hais l'amour et ses déboires, l'amour et ses faux-semblants, l'amour et le désamour.

Angoissée du désespoir.

Rentrée de septembre, nouvelles têtes, plus de bouches tachées de chocolat, plus de chasse aux poux, plus de pause pipi toutes les trente secondes.
Je rentre dans l'univers des adolescents.
Je déteste ce sentiment de vieillesse qui me poursuit depuis quelque mois. Les rides, les vieilles pubs qui me demandent de prendre en main ma cellulite en me badigeonnant de crèmes malodorantes tous les matins. Et puis je me confronte aux cheveux soyeux de ces jeunes filles aux sourires innocents, à la confiance éhontée, à la sans gêne ridicule, aux moues boudeuses.

Et ça ne m'aide pas.

Arrêter de me plaindre, devise désormais quotidienne mais jamais, au grand jamais respectée. Et puis quoi encore, j'oublie l'embryon, je le remplace par des têtes de têtards mal embouchés? Je deviens folle.

Aujourd'hui on est lundi, ça fait deux jours que je n'ai rien mangé, rien ne passe, je peux à la limite boire quelques gouttes d'eau, mais la nausée me gagne rapidement, je bois lentement, je fais très attention, en fait j'ai la gorge trop nouée pour avaler ne serait-ce que ma salive.

Une inspectrice doit venir vérifier la bonne conduite de mes cours, mon comportement avec mes élèves et mes méthodes de travail. Je n'en ai strictement rien à faire. Quand je repense à la réunion des professeurs hier, je souris toute seule. Elles se donnaient entre elles des conseils pour que ce jour-là soit parfait. Non, j'insiste, par-fait. Appuyez sur les syllabes. Pauvres hypocrites, un jour dans leur vie, leurs élèves auront un cours potable, un professeur pas trop mal habillé et une écoute certaine, alors que la plupart du temps on leur cloue le bec. Cette idée me déplaît profondément. Aurais-je le courage

de faire tout le contraire, par défi, par provocation?
Je me fais pitié, je manigance des stratégies diaboliques pour saboter l'harmonie des autres cours. Mais, je resterai dans mon coin, comme d'habitude, je ferai mon petit cours, dans ma petite classe, pour mes petits cerveaux qui ne veulent rien savoir. Je resterai petite, dans ma vie étroite, dans ce corps où je suis engoncée.

J'étouffe.

L'inspectrice était un inspecteur. Odieux. Du genre, gros, lunettes rondes, auréoles sous chemises à petits carreaux, ringarde et usée par des lavages successifs. Du genre : « je cherche une femme » placardé sur son front.
Il s'est certainement pris « d'affection » pour moi, il a voulu déjeuner, passe encore, puis après la classe, un petit café. J'ai arrêté les frais au moment où il a commencé à avoir envie de dîner, je crois bien que mon

boulot pendait aux narines de cette petite représentation de l'administration et cela ne m'a pas plu. Je veux bien perdre mon travail pour avoir refusé de faire la pute avec l'Education Nationale, je n'aurais même aucun scrupule.
Apparemment, le gros devait avoir l'habitude, je suis restée fidèle à mon poste, pendant qu'il continuait sa chasse à la minette.

Un rien m'aurait perturbé à l'époque, et cette petite visite ne fut pas sans conséquence sur mon « moral ». Je continuais à me morfondre, sans jamais vraiment remonter la pente. Et je me foutais royalement de l'image désœuvrée que je pouvais véhiculer, je faisais honte à mon père et ma mère n'osait même plus me regarder en face.

Haine abrasive du genre humain et de son minuscule panel de repères, perdez les vôtres et tout vous semble ridicule. Ridicule aussi peut-être ma pauvre façon de ruiner pour un oui pour un non les rires et les pensées de tous ces gens qui m'entourent royalement et qui font leur vie sans jamais se poser de questions.

Imaginer des extravagances, se construire un monde unique, vivre, vivre de persécutions, vivre tout court dans ma tête. Egarement passager, égarement perpétuel. Vivre et détester ce qui fait vivre, se glacer quand il fait chaud, devenir complètement complice de la folie, détester manger, adorer fumer, haïr la sensualité, mentir, vivre de ces mensonges, se délecter de la fourberie, oublier de chanter, surveiller les autres et ne rien faire pour changer, adorer se vautrer dans « des montagnes de fange d'impudeur ». Aimer la sensualité mais ne jamais la vivre. Oublier totalement la façon dont on pourrait me faire l'amour, dire merci, dire au revoir, s'il vous plaît, saluer la boulangère, se moquer de la gueule de ses bambins affreux. Se taper son mari, oublier la façon dont on peut me faire l'amour. Hier est un mot qu'il faut rayer du vocabulaire. J'ai perdu la mémoire, mauvaises fréquentations, mauvaises habitudes... Mourir de mes insomnies, vivre de mes rêves. Ne jamais m'arrêter, suivre le cours du quotidien.

Je n'avais ni le temps, ni l'envie de redécouvrir les affres de la démangeaison sentimentale et pourtant, c'était de nouveau ce qui était entrain de m'arriver.

Pendant la classe.

Etait-ce lui qui me dévorait des yeux ou bien ai-je commencé la première cet horrible et vulgaire « balai » d'œillades en diagonales? Je m'en mordrai encore les doigts. Je le trouvais insipide. Sa tournure de verbe pour ainsi dire présomptueuse et

alambiquée. Peut-être juste pour me montrer qu'il savait manier le vocabulaire français avec verve, peut-être juste pour se faire remarquer par ma petite personne sans intérêt aucun, peut-être juste pour mieux vomir sa débandade de prétentions, peut-être pour mieux secréter son injuste couleur de l'amour, peut-être pour mieux dévorer de ses yeux gris les restes de mon cadavre qui gisait à la surface terrestre. Je ne sais, mais ça ne me plaisait guère.
Peut-être.

Petit bonhomme, pseudo philosophe aux allures de littéraire tourmenté, j'attendais juste la mort. Tu l'as cueillie pour mieux me l'offrir. Enfoiré dans toute son envergure, dans toute sa splendeur.

Interdiction formelle de se toucher. Excitation. Interdiction personnelle de se parler, ne plus se laisser faire, oublier la candeur de ses sourires lorsque je prends ma voiture le soir, oublier les cours et les autres élèves. Très simple. Partir à des milliers de kilomètres dans ma tête, à des milliers d'années lumières. S'enivrer du mystère, apprécier le millésime du silence, voyager... Encore un être qui vit dans mes tripes, qui boit mon sang, qui se délecte de mes neurones restants.

Je deviens un bordel ambulant, dormir.

Dormir toutes les vacances scolaires, en sachant que seul son regard me manque, que je n'attends que cela, le jour de la rentrée. Et parfois, ce jour-là il n'est pas là. Questions. Malade? Pas envie de me supporter? Abonné présent les jours suivants et moi, je fais ma fière, je fais celle qui ne voit pas, qui ne comprend rien, qui laisse venir à mon bureau l'amas de chair que je me plais à critiquer, à traiter de tous les noms quand ça me chante, parce que cela fait moins mal.

Son bras a effleuré le mien devant sa copie noyée de rouge. Une erreur de note ? Je ne vois vraiment pas comment. Je ne me trompe jamais.

Soupir. Persécution?

Jusqu'au jour où il a trouvé mon adresse, où il a bouleversé mon univers merdique.

« Madame, comment pourrais-je continuer à vous appeler ainsi alors que tout mon corps, que tout mon cœur vous donne des surnoms à n'en plus finir, alors que mon imagination se perd dans les méandres des plis de vos jupes, dans celles du murmure de vos lèvres, de leur façon de s'agiter quand vous êtes plus énervée parce que vos cheveux ont frisé sous la pluie. Je le sais, ces jours-là, vous passez votre main sur votre mèche de devant des dizaines de fois, et je la sens, fébrile, s'énerver sur des éléments que vous ne maîtrisez pas, ça vous agace. Mais tout vous agace. Ma façon de parler, ma façon d'écrire des pages et des pages qui ne veulent rien dire et que vous ne daignez même pas lire. Je sais tout et je le fais parfois exprès. Je sais que vos yeux ne feront que glisser sur ce que je me tue à écrire, mais justement, je ne veux que ça, je veux qu'ils glissent et qu'ils ne s'attardent pas trop. Ca me ferait mal de rappeler à votre bon souvenir, les degrés de l'apesanteur, d'écrire un jour quelque chose qui vous ferait perdre l'équilibre auquel vous vous astreigniez. Alors parcourez en toute tranquillité madame, votre peur me fait pitié. »

Deux semaines sont passées, je cherchais une façon quelconque de mettre des mots derrière ses lames de couteaux, chercher des mots qui ne montreront pas mes faiblesses, des mots courts, déchirants qui éviteront toute désillusion pour ma part, toute accoutumance malsaine, tout fourvoiement le concernant.

Pas eu le temps, encore trop tard.

Une autre lettre.

« Bien évidemment, je n'attendais aucune réponse de votre part, mais vos yeux sont votre plus belle trahison. La peur, Madame, n'a jamais fait avancer personne, vous reculer dans ce gouffre que vous dénigrez mais vous vous y plaisez, vous aimez vous apitoyer sur votre sort. Vous avez la passion du tragique. Vous vous répétez sans cesse qu'on ne peut pas vous aimer, mais c'est vous qui ne pouvez aimer personne ; et ne

me dites pas le contraire. De toutes façons, vous ne dites rien, jamais rien.
L'amour est votre tendre brûlure, purulent. La persuasion de ne jamais remettre la main sur le feu est incessante, mais la tentation sera peut-être un jour plus forte que le carcan dans lequel vous vous obstinez. »

Je ne pensais plus au toupet, au culot qu'il avait de pouvoir écrire à sa propre professeur sans penser aux conséquences que cela pouvait avoir.

Je pensais à lui.

Je n'arrêtais pas de penser à lui.
Jamais je ne pourrai lui écrire autre chose que mon indifférence. Je pourrais toujours lui cracher le venin qui coule dans mes veines, mais a priori il n'en serait pas dupe. Comment peut-il me comprendre à ce point? Cerner la douleur de mes gestes? Voir dans une transparence inquiétante la

raison de mes protections? Oser me parler alors que je ne l'ai pas invité à rentrer dans ma routine? Se permettre des folies ? Sans cesse je me répète ses mots, je connais ses deux lettres par cœur, je les récite avant de m'endormir.
Son souvenir me berce.
Je revois tous les gestes qu'il fait en cours, ses mimiques auprès de sa blonde voisine, je sens bien qu'il me nargue lorsqu'il susurre tout ce qu'il peut au creux de sa jeune oreille, je la hais. Cordialement.

Je ne comprends pas pourquoi je lui laisse prendre tant de place. Le plus important : qu'il ne le sache jamais, et la partie sera gagnée. Enfin la partie sera mienne, et j'aurai en quelque sorte écrit les règles du jeu. Petite victoire.

« J'écrirai jusqu'à ce que mort s'en suive, jusqu'à ce que vous m'accordiez plus que l'effleurement de votre regard sur les élèves qui têtes baissées, composent sur le sujet que vous nous avez donné. Moi je m'en fous, je redoublerai rien que pour entendre votre voix encore plus souvent. Cette voix me hante dans mes rêves, vos soupirs, je les invente, puisque apparemment, vous n'êtes décidé à les offrir à personne. Encore moins à moi. J'invente votre voix, j'invente des instants qui ne seraient que les nôtres, j'invente nos têtes à têtes dans des troquets, des escapades en couleurs, des étreintes à n'en plus finir où toutes vos peines, une fois au moins, seraient partagées. J'invente notre amour, j'invente, je me rassure, j'invente lieux, espaces, caresses. À vous entendre respirer, on pourrait croire que vous n'avez besoin de rien. À d'autres, pas à moi. »

Se mettre des barrières, regarder la fenêtre pendant des heures, être nostalgique de moments que je n'ai jamais vécu et que je ne veux pas vivre avec lui. Oui, ça fait trop mal, je ne supporte même pas l'idée que je puisse me l'accorder. Je n'accepte que les propositions qui n'engagent à rien.

Je déteste sa façon de me dire des choses que je n'ai pas envie d'entendre, des choses que j'occulte pour éviter d'avoir mal aux yeux à chaque fois que je rencontre un sourire ou une douleur.
Je nage dans le déshonneur comme un poisson dans l'eau.
Et tous les silences du monde peuvent cacher mes fragilités et mes aigreurs, les cacher. Facilité du repli, gestes qui repoussent, goût du dégoût des autres penchés sur mon sort, quand ils s'y penchent... Oui, je n'attends pas de quelqu'un qu'il m'aime ou qu'il m'apporte quoi que ce soit, je n'ai aucune exigence

envers lui, comme je n'ai pas envers moi l'exigence de m'aimer. Je cherche chaque jour à me prouver que ce n'est pas la peine. Je déteste commencer à croire à quelque chose de beau, je déteste penser qu'une merveille puisse m'arriver, moins par peur d'être déçue que par le fait d'être persuadée que cela n'existe jamais réellement.

Je ne répondais toujours pas, son assurance ne m'exaspère pas, au contraire, je sais qu'elle cache une lucidité qui m'éblouit, je suis perplexe.

Les autres lettres qui suivirent me firent plus mal encore, je suis rentrée sans le vouloir dans son quotidien, lui le voulait plus que tout, il m'aimait, je l'aimais, mais on voit tous les jours des histoires d'amour impossibles n'est ce pas?

Il se confie, il dit ses peurs, ses morsures, ses cicatrices et je l'en aime davantage, mais je ne sais pas retenir ceux qui me sont chers. Je préfère qu'ils voyagent dans la liberté que je leur laisse. Je me dis qu'ils vivent dans un petit bout de moi finalement, et quelque part ça me rassure, j'aime ça. Je n'appartiens à personne et tout le monde vit en moi sans le savoir.

« Je monte toujours les escaliers quatre à quatre, monter les escaliers, courir, tout est perte de temps. Ne vous êtes vous jamais dit qu'on perd son temps à cause de l'espace? Si vous partagiez le mien, je n'aurais pas l'impression de le perdre.
Aujourd'hui c'est l'anniversaire de ma sœur, j'ai envie de la laisser seule, elle aussi je crois. Elle ne vit plus vraiment, je la laisse mourir, comme vous j'arrive à vous laisser mourir. C'est hallucinant la façon dont on perd le contrôle des gens qu'on aime, arrive toujours le moment où l'on se retrouve impuissant devant le ramassis d'inepties qui les pousse à avoir envie de s'en aller, comme vous. Vous ne me

laisserez donc jamais rien faire? Le cours d'aujourd'hui était insipide, vous perdez votre aplomb, de plus en plus, vous perdez ce qui vous restait pour assurer le minimum d'une vie sociale. Mais que vous est-il arrivé, pour que la vie ne soit plus qu'un calque sur votre souffrance?
Vos doigts jaunissent, vous fumez, moi aussi. Clopes sur clopes le soir à ma fenêtre. J'habite seul, rue Saint-Lazare, mes parents ont pris leur retraite, une petite maison dans le Sud, je ne les vois pas trop. Ça ne me dérange pas plus que ça, je ne suis pas dupe concernant la famille, on est presque obligés d'aimer ceux qui nous entourent, si je les avais rencontrés dans la rue ou ailleurs, je n'aurais eu aucune envie de tisser le moindre lien avec eux. Un peu comme vous, tous les gens qui vous entourent pourraient prendre une petite importance, alors vous vous blindez, on ne sait jamais sur qui on tombe. »

« Demain, vacances scolaires, peut-être avez-vous également envie que votre boîte aux lettres prenne des vacances, alors ma belle, à très bientôt. »

Silence radio pendant quinze jours, c'est Pâques, je ne pensais pas attendre autant la rentrée. Je voulais voir son écriture sur une page blanche, je voulais le voir se détacher dans ma mémoire, je voulais le voir revenir. L'attente est excitante, j'ai presque failli craquer, je voulais lui donner un signe de vie, qu'il réponde aussitôt, qu'il vienne, qu'il m'enlace, j'en rêve, mais non, je suis forte, je ne craque pas.

« Vos yeux sur mes mots m'ont manqué. »

Sourire. Ta voix m'a manqué.

« J'ai eu une amie pendant trois ans, une merveille, un bijou de fantaisie qui pendait à mon doigt, un collier d'idée, une boucle de pacotille inestimable. Elle s'en est allée,

il y a peu, non, il y a une éternité. Les oiseaux ne chantaient plus après, jusqu'à ce que je vous voie.
Elle m'a perforé le cœur, asphyxié, désarticulé, aimanté, puis démagnétisé. Aussi sec, sans scrupule, sans pitié. Je repense à elle, souvent, parce que je n'ai pas compris, je n'ai pas su, pas pris le mal à la racine. Des visions d'elle, dans ce square, merveilleuse. Des effondrements, des embardées sentimentales. Elle n'était pas comme les autres, elle ne m'a jamais appartenu. Elle était elle, à elle. Sans vergogne, elle n'avait pas honte de me dire qu'elle m'aimait mais qu'elle ne m'appartiendrait jamais. Et puis, elle est devenue violente. Je ne pouvais rien lui dire, on ne riait plus, on faisait silence. J'ai pris ça comme un jeu qui nous permettrait de mieux nous retrouver, mais elle a oublié tout bavardage. Démolition. Elle m'a rejeté comme personne ne l'avait fait, sans reproches, c'est encore pire. Juste incapable de m'aimer. Depuis, je ne compte

plus les jours où mon sentiment d'impuissance revient au galop. Elle a appris à me haïr comme elle avait appris à m'aimer. Dans le quotidien, les gestes qui l'attendrissaient lui sont devenus exaspérants. Sa propre ombre lui faisait peur. Seule. Elle s'est barricadée dans un univers incompréhensible. Je l'y ai peut-être aidé. Aliénée, folle, timbrée, sa rage devenait incontournable. Elle s'arrachait les ongles, se griffait jusqu'au sang, passait ses bras au travers des fenêtres, se frappait contre les murs.

À l'hôpital, on la prenait pour une femme battue qui n'avait pas envie d'en finir avec son mari. C'était avec elle, qu'elle voulait en finir. Personne d'autre ne la détestait à ce point. Dans les moments calmes, où je pouvais la prendre dans mes bras, elle pleurait, s'évanouissait d'épuisement, la douleur et le désarroi s'entrechoquaient à l'aube de sa bouche et de ses yeux.

Je voulais qu'elle me parle, qu'elle m'explique : « je t'aime trop, mais je sais trop faire souffrir. » La faille était en elle. Sa vie, c'était prendre le train, s'égarer. Tenter de regarder le paysage au travers de la vitre. Ne voir que son reflet. Ne jamais l'oublier, vivre avec cette autre fille qu'elle n'aime pas. Écouter l'autre lui raconter sa vie. Ne jamais se démasquer. Regarder les autres. Se rassurer, les occulter, parler d'elle à la troisième personne, pour un peu, faire partie d'eux. Appartenir. Délivrance. Auto-mutilation.

Elle était mon saltimbanque, mon ciel bleu, mon seul horizon. Depuis, j'ai appris que des buts, des envies, des destinées, des avenirs, on peut en trouver tous les jours. On peut survivre à l'abandon. Rencontrer des yeux, faire miroiter l'essence d'une fusion. Vivre un ersatz. C'est agréable de le reconnaître, de ne pas s'obstiner à trouver la fin de « monsieur et madame la princesse vivent au château. » Juste savoir, sans s'aigrir. Alors chaque jour peut être une revanche. La nuance des couleurs de mes ciels bleus peut changer d'un jour à l'autre, d'un moi sur l'autre, d'une vie à une autre. Je ne vous fais pas l'apologie du Carpe diem. Mais depuis un certain temps, vous chatouillez mon soleil. »

Il m'avait fait pleurer ce con, j'essuyais du revers de ma manche les quelques gouttes de liquide lacrymale versées sur ma connerie. Ne jamais rien répondre, me prostrer dans le silence. Était-ce réellement la meilleure chose à faire? Non, il fallait définitivement que je lui dise, qu'il sache enfin qui j'étais réellement, qu'il se détache, qu'il me lâche. Je n'ai jamais vu autant d'obstination devant le néant. Et moi, je le laisse faire ses clowneries, parce que finalement cela me plaît, je me sens moins seule, mais ce n'est pas juste pour lui, il faudrait que je trouve le courage de le laisser s'envoler de la cage de mes rêves.

Alors voilà, c'en est fait de toutes ces lettres qui n'ont pas lieu d'être. Il faut que j'arrête les frais, que je m'arme enfin de ma plume amère.

« Vous laissez prendre du terrain quel qu'il soit ne nous amènerait à rien cher ami. Car oui, tout au long de vos lignes, j'apprends à vous connaître et vous m'en devenez chaque jour plus cher, et peut-être hélas, indispensable. Banalités. Et je pourrais vous en dire des tonnes, mais avec vous, je perdrais mon temps, c'est pourquoi je vous hais et vous ne le savez que trop bien, vous en jouez aisément... »

Non, ça ne va pas du tout, je ne puis m'y résoudre. Je recommence et je recommence, le parquet est jonché de pauvres morceaux de pseudo lettres, je ne sais rien écrire, je n'ai jamais eu ce don-là. Je n'ai jamais su m'exprimer, je ne sais que pleurer sur mon triste sort, je file un mauvais coton. Il faut que j'y arrive, il le faut, je ne pourrai pas supporter une minute de plus qu'il se lasse de nos correspondances, que dis-je de ces correspondances, je ne lui offre que le dédain qui me caractérise si bien, je ne sais rien dire, rien faire, je comprends son ex petite amie. Je voudrais être capable comme elle de me scarifier, d'oublier via la douleur physique, mais je n'en ai pas le courage, je suis lâche jusqu'au bout des ongles.

Sur ce, par lâcheté, par dégoût de moi-même, je décide d'aller me coucher. Je chante dans le noir, j'ai l'impression que quelqu'un m'accompagne dans mon sommeil, me mène vers les endroits que je n'aime pas. On me prend doucement la main, on m'emmène là où je n'ai pas envie d'aller. Je n'y trouve jamais aucun repos, mais je récidive à chaque fois, je cède à mon corps fatigué.

« Je n'arrive pas à vous écrire, je ne pourrai jamais expliquer pourquoi mes nerfs lâchent, pourquoi je suis tant émotive.

Il ne m'est jamais rien arrivé de grave. Quand j'étais petite, je priais pour tomber, pour me retrouver avec une jambe dans le plâtre. J'avais envie qu'on s'occupe de moi, qu'on s'attarde sur mon sort, qu'on s'attendrisse enfin. Mais rien, jamais rien. Alors, soit, le moindre malheur qui m'arrive chamboule mon quotidien. Il prend toute son ampleur dans l'ennui de ma vie, égale à un café sans sucre... »

Je lui écris mentalement, non, ce discours-là n'irait pas non plus, sans le vouloir, je tombe sans arrêt dans le tragique. J'aimerais bien m'endormir, mais c'est toujours difficile. De plus, je me suis mise dans la tête que je ne pouvais plus jouer la sourde, alors maintenant que dire, je sens que je vais mal dormir.

Dans deux jours c'est encore les vacances, je vais être sans nouvelles, si je lui écris, il y aura une lueur d'espoir pour que ma boîte aux lettres ne reste pas sans voix.

Grosse erreur, écrire sous la pression n'a jamais suscité la moindre inspiration, même pour un écrivain, rien de pire qu'avoir le couteau sous la gorge. Je laisse une nouvelle page blanche entre Adrien et moi, je me persuade qu'il écrira encore et toujours.

Je me décide à prendre des vacances, cela me changera les idées, et puis mes amis n'en peuvent plus de faire des efforts pour m'inviter, je ne pourrais pas m'en sortir indemne avec eux, si je refuse sans arrêt.

J'ai rejoint ma grande amie Julie.

J'adore les gares, j'aime les trains qui se rencontrent sur les rails, le vent qui s'engouffre, les gens qui courent, se trompent, reviennent embrasser leur petite moitié, repartent vers le train mais n'arrivent pas à se lâcher, moi, je regarde toujours mon ticket des dizaines et des dizaines de fois, pour être sûre : la voiture, le numéro de la place, couloir ou fenêtre. Et puis, je me pose, j'observe, les gens qui parlent fort, qui ne se préoccupent pas de savoir ce que pensent les voisins, les soupirs mécontents de ces derniers, les coups de fil professionnels, cette fille magnifique en face de moi qui pleure en expliquant à sa copine que son ami vient encore de la tromper, elle ne connaît pas son bonheur : « non, cette fois je ne lui pardonnerai pas » redoublant de larmes « oh, et puis je ne sais pas, je l'aime tellement, mais est-ce que cela veut dire que je dois tout accepter? » Oui, ma belle, accepte tout si tu l'aimes, on peut aimer des dizaines et des dizaines de fois dans la vie, jamais de la même façon, mais ça te lacère toujours au plus profond de ton être. L'intérieur. La gare, des indications, des panneaux, leur bruit si familier, les destinations, c'est un peu comme les voyages sentimentaux. Vous savez où vous allez, mais vous ne savez jamais vraiment ce que vous allez y trouver.

Et puis, n'avez-vous jamais remarqué qu'on observe toujours les mêmes paysages, le vert, le plat, les champs, les usines désaffectées, les voitures abandonnées, quelques vaches, encore du vert ? Je ne prends jamais de trains directs, je préfère changer, j'aime connaître les gares des villes, je suis passée là et là, toujours en coup de vent avec un gros sac sur l'épaule. Je dévisage les gens lorsque je sais qu'un de mes proches, une de mes amies habite la ville, je m'amuse à me dire qu'untel ou untel lui ressemble, pourrait être son père. Sa mère.

Quinze jours où j'ai fait semblant d'être dans une forme épatante, Julie et son mari m'ont confié qu'ils s'étaient fait du souci pour moi, je les ai rassuré comme à mon habitude. « Tu es vraiment resplendissante », comme j'aime cette phrase partant d'un bon sentiment, mais tellement fausse. Je sais tromper mon monde, avec beaucoup d'ardeur, c'est tellement facile, pourquoi ça n'irait pas enfin voyons. Je suis jeune, j'ai un métier qui me plaît, aucune raison de me plaindre. J'ai essayé de me changer les idées, mais, pendant cette quinzaine, je n'ai eu qu'une idée en tête, ma boîte aux lettres. Je n'avais jamais eu autant d'attachement pour un simple objet, mais je nourrissais une certaine adoration pour celui-ci. Pour un peu, j'en deviendrais presque matérialiste... Drôle de sentiment qui m'assaille, mais je ne m'étonne plus de leur naissance et de leur décès dans ma petite cervelle.

L'œil et la main fébriles, je rentre chez moi, le teint hâlé, mais la mine déconfite. Silence de mort, volets clos, il règne une atmosphère étrange, il pleut encore à Paris, il pleut toujours. Mais aujourd'hui cela me convient parfaitement, je suis d'humeur maussade. Comme à chaque fois que j'attends quelque chose avec impatience, je me fais attendre, je fais attendre cette image de moi que reflète ma glace : je pourrais me faire un petit masque de beauté, quelques crèmes qui me promettent de garder un bronzage et une peau de bébé pendant des semaines après l'exposition. Non, tout ça prend trop de temps. Un thé, une cigarette, parfait, l'attente ne sera pas trop longue. J'irai ouvrir la boîte à cadeau juste après.

Je suis atterrée, j'ai mis un quart d'heure à monter les marches, cette écriture éveille en moi de vieux souvenirs, je commençais juste à m'en défaire.

Il est revenu. Cela ne lui a pas suffit de m'arracher un bout de moi, de ma peau, de mon être.

Il a choisi le pire moyen. Une lettre. Tout ce qu'il y a de plus anodin. Me déranger sur la pointe des pieds. . Pourquoi? Ce petit jeu, je commençais à l'aimer. Courir vers la boîte aux lettres, faire la danse du ventre. Me trémousser, revenir. Regarder par la fenêtre, rechercher des enveloppes blanches. Cela commençait à me redonner le goût de vivre. Ma boîte, c'était mon intimité avec Adrien. Notre lit, le lieu de nos ébats, de nos caresses, de nos crises de fou rire. Le tissu qui voilait mes angoisses et ma folie du passé. Pas lui. Pas ce connard de Philippe. Pas son écriture qui vient souiller le havre de notre idylle. Ote tes sales pattes de là. Va t'en, je te hais. Pour ce que tu m'as fait, pour cette empreinte indélébile dans ma chair.

Marquée au fer rouge.

J'ai regardé l'enveloppe des heures durant. Je l'avais posée sur la table basse du salon. En évidence. Elle me griffe, me torture. Mais je ne pouvais pas l'ouvrir.

Il ne m'a jamais rien donné, il a su tout prendre avec un minimum d'élégance. Je connais par cœur sa belle écriture ronde. Les lettres sont détachées les unes des autres, posées délicatement. Un pétale de rose, attiré par le sol lorsqu'elle s'épanouit enfin. Mais pour moi, Philippe, tes bouquets étaient toujours fanés. Des relents d'impatiences. Des entêtements de jonquilles. Du jaune, toujours du jaune. L'infidélité.

Il faudra bien que je l'ouvre à un moment ou un autre. Il me débecte. J'ai l'impression d'être violée une seconde fois. Tous les soupirs du monde n'y changeraient rien. Quand apprendrai-je enfin à assumer ce genre de réminiscences ? La vie n'est qu'un éternel recommencement, un tourbillon de revenants mal lunés auxquels on laisse une chance de se racheter, d'avoir une deuxième vie, un peu comme dans les jeux vidéos préférés des gosses. Vos ennemis renaissent sans vous demander la permission alors que vous vous efforcez de les anéantir.

Et puis, merde moi j'attendais une autre lettre, pourquoi s'est-il arrêté? Ce que je peux être prévisible, je me connais par cœur, je savais que j'allais attendre. Oui, mais en même temps, pourquoi cela devrait s'arrêter maintenant? Je commençais à avoir envie de répondre, peut-être nous donner une chance...

Je me lance. Je lis. Du verre, de l'acier, transperçant, de la légitime défense peut être.
Faire un tour, perdre un combat, s'échiner pour rien.
Chacun de nous choisit son propre chemin pour chercher sa rédemption.

« J'ai vu des chevelures blondes, des brunes, des rousses s'étendre sur mes bras, leurs caresses soyeuses qui me criaient de t'oublier, qui me criaient de les aimer. Mais je n'ai pas su, je n'ai pas pu. Elles criaient encore et toujours de les aimer. Mais je n'ai pas voulu. J'avais perdu ma poupée par lâcheté. Sans l'avouer jamais. Pour apprendre le monde, et ses joyeuses tristesses. Pour jouer à la dînette avec mille têtes blondes. Pour reculer sans m'arrêter, pour voir le soleil à travers un ciel mal éclairé. Pour partir en t'étouffant dans mon absence. J'ai fermé la porte de ma chambre pour que le soleil n'y rentre plus. Protection extrême. Avoir le silence des marches d'un escalier, souhaiter le vacarme, qu'il s'étende de mon esprit sur la terre entière. Que tout le monde sache enfin que tu vis en moi, non seulement dans mes souvenirs, mais dans mes projections d'instants magiques . Il n'y a plus de mots pour s'excuser, pas après la douleur que je t'ai infligé, après l'absence insistante que j'ai laissé dans les tiroirs de notre commode. Rien après l'irritante attente de mon retour et la cicatrice douloureuse posée sur ton corps. Plus rien à dire? Jamais? Ne rien prononcer? Toujours? Attendre que tu te jettes à mon cou pour me supplier, rêver de ta douceur et l'ignorer parce que je sais que je n'ai pu que te faire du mal, t'enfoncer toujours pour me sentir grandir, avoir l'impression d'être fort et de tout maîtriser. Je repense à toutes mes futilités, mes espoirs vains de croître au travers de tes faiblesses. Profiter de toi et de ton équilibre. Et tout foutre en l'air. Te faire sentir que tu es sale, impossible à aimer, te broyer au creux de ma main pour jouir. Faire de toi une déséquilibrée et atteindre des plaisirs orgasmiques. Te caresser doucement pour que tu reviennes et que tu pardonnes encore. Avoir toujours le sentiment de gagner une bataille. Ne pas tenir compte de tes sentiments, te laisser te débattre. Faire de toi un suspect constant du déséquilibre de notre amour. Oublier ton adresse. Sentir ta putréfaction intérieure. Te laisser dans la salle d'attente. Reviens-moi s'il te plait. Je te demande pardon, même si cela te paraît dérisoire. Penses-y. je regrette, tellement, si tu savais. Je sais, du moins je crois savoir tout ce que tu peux penser sur moi et j'en souffre, j'aimerai avoir la chance de t'expliquer et de te dire que je ne savais plus où j'en étais et surtout que je ne mc rendais pas compte du bijou précieux que tu es. Quoi que tu mettes derrière ces mots, réponds-moi. Je suis désormais prêt à tout entendre, mais je voulais nous donner cette chance ».

Je suis sûre qu'il aimerait être là pour se repaître du spectacle de la bête.

Hum, hum, on se regroupe, on se racle la gorge, on sourit pour faire la photo du siècle.

La dernière fois qu'on s'est vu Philippe et moi, c'était dans sa voiture. Je lui avais annoncé la nouvelle. Pour le bébé. J'étais très joyeuse. J'étais sur un petit nuage, la journée même, j'avais cherché le moyen le plus propice pour lui annoncer. Le ton sur lequel je lui dirai la bonne nouvelle. L'humour, un objet, ou le fameux

« maintenant que nous sommes trois, il va falloir... » Mon euphorie est vite tombée. Philippe avait la mine déconfite, avant même que je prononce un mot. C'est alors que je me suis dit que cela ne serait pas le bon jour, que j'attendrais le lendemain « never reaching the end, cause I love you. » Il a très mal réagi, juste au moment où il commençait à « se poser des questions sur nous », je ne m'en doutais pas un seul instant, j'étais sûre de moi, c'était l'homme de ma vie. Alors ça m'a fait comme l'effet de vieux murs délabrés. Une nostalgie de vieux conte de fée, sans envie de pleurer, juste un face à face avec des rêves. La nuit on aime ces confrontations, mais en plein jour, ça fait comme un cœur qui pleure, qui suinte sans rien dire. « Puis on s'est séparé, chacun pour soi et reparti dans le tourbillon de la vie. ». Il ne me restait plus rien, rien que de pauvres refrains de jolies chansons dans la tête. Il ne nous a pas donné le droit d'être heureux, pas une chance. Chanter la liberté sans rien y comprendre, quand elle fait plus mal encore que l'emprisonnement. Je n'ai pas su réagir, j'aurai dû lui dire qu'on ne le garderait pas, qu'on pouvait vivre quand même tous les deux, qu'il fallait se donner le droit, mais il a éteint la lumière et m'a laissé dans le noir. J'ai crié toute la vie depuis, et puis moi aussi j'ai éteint, je n'ai pas veillé dans le couloir, les restes de nos espoirs. Il a eu peur, je n'ai jamais compris. Il m'aimait, j'en suis sûre, mais il n'avait pas envie de gâcher ses plaisirs.

De lui, j'aurais tout accepté, les pires choses peut être. J'aurai accepté qu'il soit mon bourreau de l'amour, accepter de me faire torturer, par amour pour lui. Rien ne pouvait m'atteindre, il était rentré en moi. Brûlures incandescentes de sa main sur la mienne, de son corps sur le mien, sans bouger parfois peut-être, respirations haletantes que je n'ai pas su retenir, que je ne sais pas dire aujourd'hui? J'ai eu tant de mal à l'oublier, j'ai toujours attendu derrière ma porte, assise sur le sol froid qu'il revienne me prendre dans ses bras, qu'il me redonne cette force qui me manque.

Tremper ses yeux dans le sang froid qui coule dans mes veines, qu'il me redonne sa chaleur, qu'il reprenne le rien que je me suis construit depuis lui. Qu'il me rassure, qu'il me prenne, qu'il m'aime de toute son âme. Et puis je n'ai plus attendu, je me suis assise sur ma peine, j'ai assimilé ma rage indélébile, mes sourires débiles. Et j'ai gardé mes souvenirs vils cachés derrière mes cils. En me rassurant.

Et puis le voilà revenu pousser la porte de mon esprit abîmé. Crever l'abcès. Verser du feu sur mon eau froide. Sur mon serpent. Sur mon cadavre.

On n'est jamais prête à ce genre de situation, ça vous coupe le souffle, plus d'herbe sous les pieds, plus d'air dans les poumons. Bon, voilà, je ne m'étais pas préparée à un retournement de situation. Alors maintenant je fais quoi? Dois-je occulter Adrien, dois-je faire comme s'il n'avait jamais existé, ou dois-je faire cela avec Philippe?

Si mon coeur savait parler, il dirait quelque chose. Difficile il faut toujours prendre un risque. Si je l'appelle, ça ne m'engage à rien... Une confrontation, forcément. Suis-je assez courageuse ?

Non.

Il faut que je sorte, j'étouffe. Les terrasses sont bondées, la chaleur est insoutenable. Je bous. Quelle idée aussi de m'habiller en noir. J'essaie d'omettre la ré-apparition de Philippe. Impossible. Une fille en collants vient de passer. J'ai chaud pour elle, elle n'a pas froid pour moi. Tout se décide maintenant. Ou rien d'ailleurs. Une tentative de rabibochage, ou d'effilochage. Il faudrait que je tourne la page. C'est moi qui m'enferme dans mes concessions. Je tourne en rond, je me déteste quand j'ai l'impression de reculer, je hais.
On a tort de penser qu'on peut être libre ensemble, ce sont des enfantillages. Je ne suis pas libre dans ma tête tant que j'ai quelqu'un auquel me raccrocher.
Voir une dernière fois sa vieille maison, un jour tout sera silencieux, les fantômes partiront.

Et puis, je suis restée des heures sous la pluie à attendre, j'étais trempée, j'adore ce temps, orageux. Une sorte de pluie tropicale qui ne glace pas, qui réchauffe mes frayeurs et ma solitude. C'est l'une des seules harmonie que j'aie jamais rencontré dans ma vie. L'harmonie des temps. L'éternité de la fraîcheur de mes os reste mon unique chance de subsister à cette chaleur torride de mon âme.

L'alternative : la lâcheté. Tout arrêter. Le petit jeu malsain entre Adrien et moi. Ne pas répondre à Philippe.

De toutes les façons, je n'arriverais pas à répondre, je ne sais même pas quoi dire à Adrien. Comment trouver les mots pour ce gros connard qui forcément revient quand on ne l'attendait plus.

Je vais attendre un peu que tout cela soit plus clair dans mon esprit. Mais comment faire, je reprends mes cours demain, je suis soumise à la tentation sans arrêt.

« Je vous sens absente, toute la journée absente, ailleurs, partie, loin de moi, loin de tout. Sans attaches. Tout d'un coup, plus forte, comme si on vous avait mis un coup de couteau, le coup libérateur, le coup qui a recousu votre blessure. J'ai l'impression que vous n'avez plus besoin de rien. C'est une longue glissade sans fin au goût d'éternité. Je crois que je vais laisser tomber, je n'arrive plus à vous capter, je ne vous entend plus, je ne sens plus rien, vos gestes sont devenus muets. »

J'ai retrouvé ce mot d'Adrien dans mon casier, comme si la lettre de rupture devait se trouver ailleurs que dans ma boîte aux lettres, comme s'il avait su que je l'avais trompé avec la lettre de Philippe. Il s'est senti blessé, trahi. Il a la délicatesse de ne pas me le reprocher, de comprendre mon éloignement. Et moi, je me sens coupable.

Il faudrait que je lui réponde. Eh oui, c'est typique, il faut toujours que je revienne quand on ne veut plus de moi. C'est jouissif chez moi, j'ai besoin de savoir que je suis de trop, d'arriver quand on ne m'attend plus, de servir à dîner quand les invités n'ont plus faim. Ou quand ils sont déjà partis.

« Vos efforts se remarquent par leur absence. »

C'est la phrase que j'ai écrite sur une des copies d'Adrien.
Il était soi disant persistant, endurant.
Je n'ai pas pu m'en empêcher.
Baisser les yeux face à mon regard vide.
Tentant, facile.

Bon, je me suis reprise en main, j'ai rencontré un mec dans un bar, rencontre fortuite, un type intéressant. Et puis, ça faisait longtemps que je n'avais pas fait l'amour... Cela ne me sert à rien d'essayer de refaire le monde et ça fait du bien de temps en temps de ne penser à rien. Nous n'avions vraiment rien à faire ensemble, mais il était là et puis moi aussi...
C'est assez étonnant la façon que j'ai de répertorier mes relations, j'aurais tergiversé des heures durant si la situation s'était présentée avec Adrien ou avec Philippe, mais voilà, j'avais une nouvelle soirée à tuer et je n'avais pas envie de me bourrer la gueule à la vodka en chialant dans mes couvertures.

Il était pas mal. Physiquement en tout cas, il me plaisait assez.

J'adore baiser avec des inconnus, embrasser un mec à la sortie du métro, jouer de mon regard avec un étranger.
Je lui ai donné ce qu'il voulait, c'était plaisant pour une fois, j'ai posé les règles du jeu.

Mais le lendemain, j'ai toujours ce réveil un peu douloureux d'avoir été une autre pendant quelques heures. Je ne vois pas pourquoi je m'en voudrais? Je ne me respecte pas. Je me sens emportée dans un tourbillon d'âme, sans jamais savoir où se trouve la mienne. Et quand je décide sournoisement que, de toute façon, je ne la trouverai pas, j'aime faire n'importe quoi.

Me pencher sur des lèvres qui en ont embrassé tant d'autres, montrer ce corps qui n'est plus tout à fait la représentation de moi-même mais de cette fille que je déteste. Sûre d'elle quand elle fait l'amour,

par terre, debout, couchée, avec un soupçon de sensualité immortelle.
Elle embrasse à pleine bouche, elle suce sans scrupule, elle jouit, elle atteint l'orgasme, elle hurle, elle me fait mal, je bouche mes oreilles pour ne pas l'entendre, mais elle crie encore plus fort.
Elle se déhanche, elle chevauche, elle guide les mains inexpérimentées, elle les lèche, elle colle ses seins contre des torses inconnus, elle descend, elle remonte. Elle est parfaite, on dirait presque qu'elle est vraie. Je voudrais la faire taire, mais elle est là, elle vit en moi. Elle a un besoin effréné de se sentir aimée, de sentir qu'elle appartient à quelqu'un, et quand elle le tient entre ses jambes, elle le serre très fort, mais il ne reste jamais longtemps. Pas assez, il part, il revient, il repart, il revient, encore. Mais, il part. Définitivement. Encore.

L'amour qui se donne à corps perdu. La plus à plaindre dans l'histoire, c'est moi. Je la

regarde avec des yeux bizarres et elle ne fait aucun cas de moi. Elle m'entend rire, et ça ne lui fait rien, alors que moi ça me lézarde les murs. J'aimerais lui dire qu'elle est ridicule, mais comment? Et puis au moment précis où je sens qu'elle s'en va, je voudrais qu'elle reste, parce que moi je sais que je vais pleurer, et elle, elle ne pourra pas m'aider. Moi, je suis toujours là pour elle, je la regarde faire, mais elle ne me voit pas, je ricane et elle m'ignore, j'aimerais lui faire du mal, la lacérer, lui mettre mon poing dans sa jolie figure, mais elle reste de glace à mon hystérie.
Et puis quand elle est revenue en moi, je n'ai plus envie de rien, je me sens impuissante, j'ai l'impression que tout m'est interdit. Qu'elle est partie loin, et que je ne la retrouverai jamais, abandonnée. Une habitude. « N'être plus qu'un corps ».

«Vous écrasez votre parterre de fleurs : L'opportunité.
Personne ne vous en veut de faire semblant.
Personne ne le sait.
Faites ce que vous devez. Regardez vous...»

« Vous utilisez toujours les points de suspension à mauvais escient. »

« Pour une fois c'est vous qui êtes hors sujet. »

Le jeu adriennesque reprend de plus belle.

Des ricochets, puis le caillou s'enfonce dans l'eau. La vase l'étouffe, et il retrouve le commun des cailloux lancés pour jouer. Comme lui.

« Je suis une femme sans alibi. Sans raisons pour ses états d'âme. Alors ne cherchez pas midi à quatorze heures, je sais que ce qui vous plaît, c'est le mystère de ma tristesse. Si vous vous attendez à quelque chose d'exotique, je vais encore être dans l'obligation de vous décevoir, alors cessez votre délicate impertinence. Vous ne trouverez sous mes galets, qu'une plage des plus simples, sans intérêts aucuns. Je préfère vous prévenir »

« Pour la première fois, je prends conscience de la sur-dimension de votre ego. Vous êtes madame, excusez mon langage, bien plus impertinente que moi par votre orgueil. Vous pensez que ce que vous évoquez chez moi est le mystère? Vous posez le postulat de votre réflexion sur ce que vous pouvez déduire, et c'est à mon sens beaucoup trop léger. Moi, je vous trouve simplement malheureuse et il y a certainement des milliers de raisons à ça, et je ne demande pas qu'elles soient plus intéressantes, plus tragiques, plus justifiées que les milliers de raisons qui peuvent rendre malheureux les gens. Vous êtes dure avec vous même. Je ne cesse pas de dire que vous vous complaisez dans cet état, vous ne laissez qu'à vous même le soin de vous apitoyer. C'est encore mieux, vous pouvez vous plaindre d'être seule, en plus du reste. »

« Arrêtez de parler de choses que vous ne connaissez pas. »

« Laissez moi les combattre. »

« On n'a tous ses mensonges et ses secrets. »

« Vous n'avez rien dans le ventre. »

J'ai un goût amer dans la bouche.

On est monté, on s'est embrassé. On a fait l'amour. C'était sec, c'était nul. A vomir. A chier. C'était rien. Tu peux te rhabiller, sortir, prendre ton mouchoir. Tu peux pleurer et ça n'y changerait rien. Tu seras toujours la même. Tu es fière, là. Tu sais ce que tu veux. Non, tu ne sais déjà plus. Tu te dégoûtes et tu as bien raison. Tu me fais mourir de rire. Tourner, tourner toujours plus vite au fond de la cave. Tu ne me connais pas et tu as l'impression de me retrouver, de te retrouver. Tu me trouves charmante, je n'ai pas changé. Je déteste ces phrases.

Et bien oui, Philippe est revenu. J'entends déjà ces voix, oui, je suis faible. Je l'ai laissé revenir, je ne pouvais pas faire autrement. Je ne le déteste même pas. Je suis totalement indifférente. Mais lui, je lui manquais, je ne pouvais pas le laisser croire qu'il faisait une erreur, cela l'aurait poursuivi toute sa vie, je vais lui montrer, le « faire tourner comme un soleil ». Je suis un objet qui vole, qui bouge et que rien n'atteint. Plus envie de rien. Laisser flotter sans demander son reste. Prendre des bouts de phrase. M'oublier. Etre une, mille, dix mille. Une je ne sais quoi. Sans mobile. Marche. Piégée.

Il a repris ses affaires. Dans mes poches, sous les yeux, tiens, je les avais oubliées là, je ne m'en rappelais même pas. Ces années d'errance, je les avais laissées sur moi, sans rien sentir.

J'ai pris ma voiture. J'ai roulé, roulé, roulé. La fenêtre ouverte. J'avais envie de sentir le vent se battre contre la chaleur de mes joues, mon sang chaud et mes veines gelées.

J'avais envie de penser à la route. Des bandes blanches. Un espace. Encore une bande blanche. La pédale de l'accélérateur ne laissait pas de répit à mon pauvre pied qui s'écrasait pour que ma tête se refroidisse. J'ai roulé toute la nuit. Le soleil se levait. Je ne sentais plus la fatigue. Encore du vent. Encore du froid. J'ai prié pour qu'il me dégrise. Désaoulée de l'amour. Mes jambes tremblaient. Je me suis arrêtée sur une aire d'autoroute. Et puis, là, je n'ai plus pensé à rien. Le ciel était gris bleu.

Je suis vidée, j'ai besoin d'un banc, d'un arbre, d'un verre d'eau, d'air, de soleil, de rires, de gens, d'éclats, d'oiseaux, de mains.

« J'ai gravi quelques marches, pour vous trouver là, assise contre cet arbre sans feuilles. Vous aviez un papier froissé dans votre main droite. L'autre était inerte, posée sur votre jupe noire, nonchalante. Vous étiez de dos, mais je vous ai reconnu. J'ai fait le tour du jardin, je vous ai observé, le regard au-dessus de la fontaine. Votre regard était pendu aux gouttes de la petite cascade où s'entrelaçaient une mère et son enfant. Il y avait du brouillard, il faisait froid. Je vous ai vu frissonner. Vous êtiez comme un verre en cristal. Délicate et forte. Et puis le ciel se faisait de plus en plus menaçant, votre regard noir le caressait. Une seconde pour le regarder avec vous et vous aviez disparu. Je me suis réveillé. »

« J'ai glissé sur l'autoroute. »

- Ca va ma chérie ? Tu as bien dormi ?

Philippe vient s'asseoir près de moi dans son peignoir gris. Tiens, je n'avais jamais remarqué que cela mettait en valeur ces yeux.

- Très bien et toi ?

En réalité, je n'ai pas fermé l'œil, je suis restée droite comme un I, sous la couette, les yeux grands ouverts à mirer le plafond qui aurait bien besoin d'un petit coup de peinture.
Quitte à s'installer dans le mensonge, allons-y gaiement!!

- Tu as envie de faire quelque chose en particulier ce week-end?

- J'ai deux ou trois courses à faire. Je cherche un livre que j'aimerais conseiller à mes élèves.

« La brume revient toujours. Le papier était resté sur le banc. »

« Des gribouillis de mots »

« Oui, mais toujours cette odeur qui persiste. Revenez dans le square. Croiser mon regard. »

« Je ne le trouve plus, je perds mon chemin à chaque fois. C'est loin. »

« Tournez à gauche après la voie sans issue. Continuez tout droit sur cent mètres. A votre droite, il y a une impasse. Une porte bleue. Elle donne sur ce parc. »

- Tu rêvasses Emma ?

Philippe frôle d'un doigt une mèche rebelle et la place délicatement derrière mon oreille.

Il faut toujours que tout soit parfait.

- Je dois corriger mes copies. Les grandes vacances sont dans un mois. Il faut que je passe au peigne fin les progrès que chacun de mes élèves a fait lors de cette ultime évaluation.

« Avez-vous vu ces deux enfants qui jouaient à ma droite. Leur rire m'a fait du bien. »

« Oui, ils jouaient à saute-mouton. La petite fille n'arrivait pas à se lancer, alors son ami se moquait d'elle. »

« Oui, il ne sait pas qu'elle a peur du vide. »

« Le jeu du saute-mouton endort la petite fille tous les soirs, elle ne voit pas l'intérêt

d'y jouer. C'est comme si elle faisait un rêve toute éveillée. Si elle y touche, elle se réveille ou elle dort pour l'éternité. »

« Ce qui la tient en éveil, Madame, c'est votre parfum qui a chatouillé ses narines lorsqu'elle est passée tout près de vous pour rejoindre son camarade de jeu. »

- Passe-moi le beurre Emma s'il te plaît.

Je veux juste savoir jusqu'à quel point je pourrais aller. À quel degré de connerie je pourrais m'astreindre par déférence envers Philippe? J'adore explorer mes limites.

« Hier soir, j'ai dormi toute habillée sur ce banc glacé. Quand vous arrivez, le vent se lève, je savais que cela me réveillerait. Le froid est resté fidèle à lui-même, mais le souffle de la brise ne m'a perturbée une seconde. Vous aviez peut-être rendez-vous ailleurs, alors que je vous attendais ici. Une prochaine fois peut-être. »

« J'ai envoyé mon âme vous rejoindre, je sais qu'elle se fait discrète. Vous étiez tellement belle, assoupie. Elle m'a tout raconté. Je me sentais encore plus proche de vous que lorsque je vous vois. »

J'ai croisé le regard d'Adrien deux fois durant la classe, cela devient de plus en plus difficile.

Il me prend chaque soir de la même façon. Il aime être un peu violent parfois ça l'excite. Et la fille délurée ne revient jamais quand il est là. J'aimerai pourtant, parfois, qu'elle donne le change à ma place, qu'elle l'insulte pour lui faire plaisir, qu'elle lui crie : « baise-moi », pour qu'il jouisse plus vite et arrête de s'échiner sur ma pauvre carcasse. Mais cela fait un certain temps qu'elle n'est pas réapparue. Avec lui, elle est timide, elle n'ose jamais se laisser aller. Je la supplie de venir, je lui fais comprendre qu'elle me met dans une situation délicate, mais rien n'y fait. C'est une putain d'égoïste. Alors, je me laisse faire, je couine de temps en temps pour qu'il continue, mais je pense de toutes les façons que si je restais de marbre, il ferait quand même son boulot. La bonne affaire que ces draps souillés par ce feu ridicule. Je ne partage pas sa chaleur.

Adrien m'impressionne, je me sens déshabillée sans lever la tête, sans bouger le petit doigt. J'ai les larmes aux yeux, le cœur qui se serre. Chamboulée. Je le déteste, il n'a pas le droit de me faire ça. C'est trop facile de jouer avec les gens.

« J'y reviens toujours, j'y reviens sans arrêt. Je crois que cet endroit est le nôtre. »

« Nous l'avons créé de toutes pièces, il nous appartient forcément. »

« Laissez-vous aller, respirez profondément et fermer les yeux, vous entendez cette musique? J'entends la même, peut être, effectivement que d'autres l'entendent, ailleurs, demain, mais là, vous entendez la même chose que moi, alors elle nous appartient. »

« Je n'entends rien. » (je perfectionne mes talents de menteuse)

« C'est bientôt les vacances, donnez-moi une chance de vous voir avant de nous séparer. »

« Si vous entendez la même musique que moi, alors nous ne serons jamais loin l'un de l'autre. »

Le désir est merveilleux. Lorsqu'il n'est pas satisfait, il reste intact. Il vous effraie par cette poignante partie de mystère qui l'entoure, il vous ronge, vous mine, vous enferme dans un bonheur solitaire, il est orgasmique.
Il vous masturbe malgré vos prières. On est toujours un peu plus amoureuse du sentiment que de la personne qui le fait naître en vous. Il vous pousse dans les bas-fonds de l'égoïsme. Vous pouvez vous coucher seul des nuits durant, parce qu'il est là, il vous consume. Vous pouvez rentrer seule chez vous, vous ne l'êtes jamais vraiment. Il ne part jamais tant qu'il n'est

pas comblé, et puis, pouf, trois petits tours et puis s'en vont. »
Je tourne en rond comme un oiseau fou dans sa cage.

Je me suis arrêtée dans les escaliers ce soir avant de rentrer. Je n'étais pas essoufflée. Le calme avant la tempête. Il est orgiaque ce ramassis de routine et de mensonges, mais il est utile. Cela m'évite de tomber dans cette folie passionnelle trop souvent éphémère et encore plus destructrice et mortelle que si je sautais du cinquième étage. Alors, je me laisse guider par la normalité.

Il est venu, j'en suis sûre, sûre et certaine. Il a passé sa main sur mes meubles. J'entends la musique.

Aucun objet n'a bougé, mais il y a cette odeur. Cela ne lui suffisait pas de me posséder intimement? Quel salaud. À ce point du jeu, je ne savais plus quoi penser, mais là, il a dépassé les bornes.

Je ne sais déjà plus quel jour on est. Réveillée en sursaut. Il ne fallait pas boire hier soir. Ah, oui, samedi. Philippe est en déplacement. Les choses me reviennent petit à petit, au détour des brumes matinales. Il est venu. Le dire tout haut, au réveil, en serrant mon coussin dans mes bras. Ça me glace le sang. Il m'a violée. Il a dû me suivre.

La clé rentrait mal dans la serrure.
Je cherche un regard. Encore un petit effort pour me rendre compte que je suis seule. Isolée ce matin, en marge de toutes les

bassesses. Délivrée de toutes les pensées saugrenues qui mènent les inconnus vers des horizons mal placés. Je sens que mon corps s'engourdit face à la terreur. En même temps, ça me brûle de savoir qu'il est encore là finalement. Parti, mais dans mon corps. La fille, la salope qui se terre au fond de moi ne revient jamais quand je pense à lui, il est là, c'est bien suffisant. Je ne crois pas que j'aimerais qu'il sorte et qu'il s'évade. Mais l'ai-je vraiment emprisonné? Non, je ne peux pas lui faire ça, pas à lui. Emma, reprends toi. Je voudrais qu'il pose sur mon épaule un peu du poids de son corps.

Je craque une allumette, juste le temps de la voir s'éteindre pour consumer ma cigarette.

Adrien est venu ici, chez moi. Sans moi.

« Ca vous ressemble sans être vous. »

Il ne recule devant rien. Il assume.
Le ruban de Moebius. On revient toujours au point de départ en ayant l'illusion de changer de côté.

J'ai trop bu, une tâche représentative d'un moment de vie. Un bracelet dans une vitrine. Un scooter qui crie dans la rue. Une ivresse. Une bouleverse. Une illusion, ritournelle destructrice. Une ritournelle, illusion destructrice. Un moment de bonheur, là, abandonnée par des siècles d'ironie. Une caresse désopilante, une erraflure, une indélicatesse, un frôlement désobligeamment agréable. Involontaire.
Un beau moment de vie inoubliable. Un vertige. Un embouteillage. Un rêve. Un incontournable. Un haut le cœur dans les escaliers. Un moment de vie déballé sur un trottoir foulé. Un bon vieux temps. Un bon vieux temps. Un bon vieux temps.

De la musique inespérée, des larmes retenues, un bonheur intouchable. Un secret désagréable. Un viol consentent. Un baiser jamais demandé. Une boîte aux lettres diffamée. Un soupir. Un éclat de rire, un éclat de verre, un éclat de vomissure, un éclat de soleil terne, un éclair de nuage pluvieux, un stylo sans encre, une vie sans envergure, un papier plié, une mèche rebelle, une nuit mal endormie, une existence mal rêvée, bien révélée, une exaltation tronquée, une sphère éclatée, un cube.

« Vous n'aviez pas le droit. »

« Il faut savoir forcer les choses, faire exister celles auxquelles on croit, désobéir. »

Dire non. Je ne suis pas fatiguée. Je ne veux pas vieillir de mes doutes. Je veux me brosser les dents encore des centaines de fois. Je veux mentir encore. Je veux jouer, jouir, juxtaposer, jubiler. Mettre un pont à la fin d'une phrase, une note après un vers. Exister comme jamais je ne l'ai voulu. Regarder le vide, une veste sur un portemanteau.
Se piquer et faire la moue.

« Hier encore vous étiez dans mon rêve. »

« Je ne connais rien de votre univers. Vous avez un temps d'avance, une carte en main. Je suis en position d'infériorité. »

« Je ne demande qu'à vous le faire découvrir. »

Marquer des points. Il me pousse dans mes derniers retranchements. Il a gagné une bataille. Tant pis, pour une fois, je m'avoue vaincue. Advienne que pourra.

La tension monte.

« Oui. »

Monté d'adrénaline. Vitesse supérieure.

« Je vous retrouve en haut de l'escalier. »

C'est un peu comme l'histoire de cette fille dans un film que j'ai vu lors de mes nuits d'insomnies, « Par delà les nuages » je crois. L'impression qu'on a parfois d'aller trop vite et s'arrêter soudain pour attendre son âme. Avec Adrien, je retrouve mon âme. J'allais toujours trop vite.

« Vingt heures. »

Philippe me voit m'agiter.

- Mais non, juste un dîner entre collègues.
- Tu es surexcitée, tu es habillée comme si tu allais à un gala.

Ah, peut-être que j'en fais trop, il me fait douter. Je devrais peut -être me changer.

- Et pourquoi je ne peux pas venir ?

Il s'en fout, il n'a pas vraiment envie de venir, mon attitude le fait sourire, c'est tout. Il me taquine comme ça pour son plaisir. Lui, il va rester là, inviter deux ou trois de ses potes, un match ou un dvd, le choix se fera dans la soirée. Et là, c'est moi qui m'en fous.

Je me change pour la énième fois. J'ai des palpitations. Je n'ai même pas envie de savoir si j'ai fait le bon choix. J'aime l'excitation des premiers tous, l'excitation de nos mots et de notre rencontre que je n'attendais pas.

Alors voilà, c'est tout, le moment est arrivé, et ma seule préoccupation est de trouver la robe qui me mettra le plus en valeur.

Ses regards m'ont transpercé alors que j'étais sur cette estrade, fagotée comme une vulgaire prof, et quand on voit quelqu'un tous les jours, ou presque, il en perd cette mystérieuse beauté qu'on se plaît à idéaliser.

Il aime mes silences, alors pas de préoccupations sur la tournure de la conversation.

Et si je n'y allais pas? On pourrait continuer à alimenter l'adrénaline des mots doux, je me plais à les appeler des lettres d'amour, mais ce sont des lettres de désamour, ou d'enflammés qui se plaisent dans le non-aveu manuscrit. Tourner autour du pot.

Je ne sais pas ce que je veux. J'en perds mon sens de l'orientation si développé normalement. Ce qui me fait peur, c'est que je crois que pour la première fois depuis longtemps, trop longtemps, j'ai réellement envie.

L'envie. En vie. J'en vis.

J'y vais.

Rentrer, salie de la pudeur de mes sentiments, rentrer, maculée d'envie, de belles paroles.
Mais rentrer quand même.

- Alors vous avez craché sur quels profs ?

Philippe m'attendait. Apparemment il n'a fait que ça, m'attendre, en se penchant sur quelques dossiers de ses précieux clients. Avocat. Moi, je suis l'éternelle plaignante. Il ne passe pas sa vie à défendre ses envies, lui en tout cas. Il est fatigant de prévisibilité, plus je pense à Adrien, plus je sais, plus Philippe me fatigue.

Bon, je ne vais pas tergiverser sur la magie d'un moment passé en sa compagnie. Et puis, si pourquoi pas d'ailleurs?

- Je vous ai attendu des heures, des semaines, des jours, des pleurs, peut-on mourir d'attente?

- Je ne crois pas

- Peut-on mourir de langueur, d'envie, de douceur, d'amour?

- En fait, on peut mourir de tout.

- Je meurs de vous. Meurs de vous laisser au bras d'un autre, devrais-je dire d'une autre? Au bras de l'effroi, ou bras de la souffrance, au bras du dégoût. Personne ne mérite de souffrir. Votre musique est trop forte, la fenêtre est ouverte.

- Ma musique.

- Le poème de vos gestes.

Toutes les scènes des plus beaux films que j'ai vu passent très vite dans ma tête. Que

dois-je faire? Je voudrais que ce soit beau. Pourquoi est-ce que je veux toujours que tout soit beau, toujours être à la hauteur, pourquoi tout doit-il toujours être comme dans mes rêves? Pourquoi faut-il toujours que j'idéalise les choses au point que je ne m'accorde aucun moment de réalité? Pourquoi est-ce que je vis dans un rêve qui ne sera jamais ma vie?
Pourquoi ne peut on pas crier quand on écrit?
Pourquoi est-ce que je fais la vaisselle, pourquoi est-ce que je ramasse les débris de mon réveil? Pourquoi faut-il que même dans mes récits, je ne m'accorde pas la médiocrité de dire : ce n'était pas ce que j'attendais?

Parce que.

Parce que, pour une fois, tout était à la hauteur. Ses caresses, ses baisers, ses paroles, tout était mien avant d'être sien, tout était « comme il fallait », comme je voulais. Et je ne veux pas y croire, j'ai peur d'enjoliver. Pourquoi est ce que je suis obligée de dire que ce que je vis avec Philippe est médiocre? Pour mieux croire que ce qu'Adrien m'apporte est mieux, pour faire des comparaisons avec ce qui est comparable, avec ma réalité, avec ma réalité, parce que je ne voudrais pas vivre dans cette réalité. Je voudrais dire non à ces regards qui me déshabillent, je voudrais être belle pour moi avant de me regarder dans tous ces miroirs que l'on m'apporte. Parce que je voudrais pleurer sur mon sort avant de m'accrocher à un autre. Je voudrais m'accrocher à moi. Mais je ne peux pas, je me hais, je me déteste, je m'exècre.

Je lui ai dit tout ça, je ne pensais pas que je pourrais. Je ne le savais pas. Il y a des gens, il y a des moments, il y a la magie qui vous pousse à vous regarder en face avant d'aimer. Il y a lui. Et je lui ai tout dit, des choses que j'ignorais, sur moi, sur mes désirs sur mon cœur blessé, sur mes façons d'oublier, sur mes manières d'occulter.

Je me suis dévoilée. J'ai découvert ma propre expérience. La découverte d'un autre m'a permis de me découvrir.

J'aurais voulu rentrer à l'aube, mais c'était encore plus éprouvant qu'une simple nuit d'amour. Qu'une nuit d'amour.

J'entre dans les affres de la tromperie, de l'homme trompé, de la femme qui trompe et je n'en éprouve aucun remords. Je joue, je m'amuse à trouver presque tous les soirs de nouvelles excuses. Cela tombe très bien, entre les voyages de Philippe, ses rendez-vous tardifs avec les clients, j'ai tout mon temps et je pourrai, trouver toutes les excuses du monde pour me retrouver l'espace d'un instant face à moi-même, face à mon amour.

Je n'ai pas de double, quand je suis seule avec lui, je suis seule avec lui. La peur de moi-même ne me tenaille jamais, ou presque, mais de moins en moins. Nous y travaillons sans le vouloir, il efface cette partie de moi qui m'effraie, celle qui ne veut croire en rien. Et je suis calme. Je peux m'arrêter, être silencieuse, poser mon verre de vin , sourire, sans penser que je me déteste, sans avoir de reflets désobligeants dans ces yeux, sans avoir envie de me faire mal.

Finalement, je me rends compte que ce n'est pas Philippe qui me détruit, ni mon avortement, ni tout ce fichu passé à qui je fais porter le chapeau. Je me détruis toute seule et j'aime ça. J'aime être malheureuse, j'aime me faire mal, j'aime choisir ce qu'il y a de plus difficile, en sortir plus forte, pousser mes limites. J'aime me rendre malade, boire jusqu'à plus soif, me retrouver les cheveux souillés dans la cuvette des wc, des restes de bile, car évidemment, je n'ai rien mangé pour sentir encore plus fort les effets de l'alcool macérer dans mon estomac. Me faire mal.
J'aime me couper les cheveux, alors que je sais que cela ne m'ira pas, on m'a toujours dit que j'avais un visage trop rond, j'aime me défigurer.

Et lui, il aime tout ça en moi. Il trouve que j'ai de belles choses dans la tête. Il est aussi fou que moi.

Je veux quitter les gens parce que j'ai envie qu'ils me recherchent, qu'ils reviennent vers moi, et quand ils ne reviennent pas, je me délecte à dire que je n'en vaux pas la peine. Je m'auto flagelle.

Il croit qu'il va pouvoir me soigner. Non, il ne pense pas, il ne sait pas il ne veut pas le savoir, il veut que je le laisse m'aimer.
Mais, non, je ne peux pas, je ne peux pas faire en sorte qu'on s'installe dans ces routines que j'abhorre. Je ne peux pas le laisser devenir réalité dans mon quotidien, cela l'anéantirait à mes yeux, il ne me comprend pas. Je lui avais bien dit. Je me cache derrière mes névroses. C'est trop facile de dire ça, maintenant qu'il me connaît, maintenant que je lui ai tout dit, je me sens piégée, il faut que je le quitte.

Pourquoi je m'emporte comme ça? Il me prend dans ses bras, je m'endors.

Cette fois, je suis allée trop loin, j'ai découché. Je fais pitié à Philippe, si je l'ai repris pour le faire souffrir ce n'est pas la peine. Oh, il ne va pas s'y mettre lui aussi.

Bon, allez, joue la petite femme d'intérieur, celle qui fait si bien l'éplorée, celle qui réussira si bien à lui faire gober qu'elle est épuisée parce qu'elle a corrigé les copies du bac et carburé au café chez Raphi. Mais sii, il sait, une collègue d'un ancien lycée, celle qui n'arrive pas à se trouver de mec et a fini par aller voir si l'autre sexe ne lui réservait pas de meilleures surprises.

Dans ces cas-là, cela change tout, il me prépare un bon café, et je ne jubile pas, non, pas cette fois, mais je ne me dégoûte pas, c'est déjà ça.

Je prends le train, je m'en vais, ça suffit ces conneries.
J'ai mal, ça fait plus mal que toutes mes tortures mentales, elles au moins j'y suis habituée.

Il est mort. Il est mort.

J'ai couru dans la rue, en état d'ébriété, ivre de cette nouvelle qui me fait saigner.

Il est mort. Comment pourrais-je le dire pour que ça vous rentre dans le crâne. Il faut que je crie, il faut que je le hurle, il faut que je pleure encore? Non, non, je ne vous ferai pas ce plaisir. Vous l'attendiez ce moment, ce moment évident où je devais me casser la figure, où « ce qui devait arrivé arriva », et là, « c'est le drame ».

Pourquoi est-on là? On est là, tout simplement. Pour faire la fête? Non, pour écouter les reproches de cette autre personne dans la pièce d'à côté. Ne pas

vouloir faire de mal aux autres. Et pourtant, avoir honte. Faire et refaire éternellement les présentations. J'ai pas toujours été comme ça. Au revoir, sois sage.
Penser au chevalier à l'illuminante armure, comprendre qu'il est mort.
Ne plus avoir envie de pleurer, c'est pire que le torrent indécent des larmes. La souffrance se cloître là où elle se sent bien.
Même plus la force de tout casser.
Le mystère est dans la vie, pas dans la mort.

Ma main se perd entre les rougeurs de son bas ventre.
Sa main se brise contre la glace.
Ma tête se perd dans les méandres de ces pensées sans fondements.
Sa tête passe sous ses jambes et se brise d'une violence sans nom contre la boîte à gants.
Je cours.
Ses jambes se cassent en deux, en trois, en quatre, en cinq.

Le seul rescapé me conte tout ce qu'il sait, les observations du médecin m'aident à faire le reste.

- Ben... Ouais, y voulait se dépêcher... Il avait un truc à poster, j'arrêtais pas de lui répéter que ça pouvait attendre demain c'te lettre à la con, mais y voulait rien entendre.

« Depuis qu'elles se savent mortelles, les civilisations ne veulent plus mourir. »
Depuis que je me sentais vivante, je ne voulais plus mourir.
Lui, il n'a pas eu le choix.
La mort est le piquant de la vie, le piment de la liberté. On ne se projetterait pas passionnément vers l'avenir si on ignorait l'existence d'une échéance.
Je ne me projettais pas, je n'attendais rien.
J'envie les gens qui pleurent quand ils voient un beau film, pourquoi on propose toujours de l'eau aux gens qui pleurent ?
Parce qu'on ne sait pas quoi faire d'autre.

Et bien, moi, je ne sais pas quoi faire.
Des phrases me reviennent, du genre « un accident est si vite arrivé. »
Si vite arrivé, et si vite reparti.

Il est mort sur le coup, pourquoi il a dit « au moins il n'a pas souffert », qu'est ce qu'il en sait lui, d'abord?

Ça pue les hôpitaux, j'ai toujours la nausée. Même quand je vais à la maternité.
N'y a-t'il que moi pour reconnaître ce putain de corps ?
Oui, aujourd'hui, il n'y a que moi.
Aujourd'hui, étrangement, je suis la personne la plus importante de sa mort.
Cela me fait sourire.
Son corps compte sur moi pour le reconnaître...
Pourtant, il est méconnaissable.
Boursoufflé, quoique maquillé, enflé mais serein.

Hématomes. Brûlures. Entailles. Coupures.

Du sang mal nettoyé, visible à l'œil larmoyant.
Là, je me rends compte que je me meurs d'Amour.

Ca ne me donne même pas l'once d'une satisfaction, ben oui, je devrais être contente, je me complais dans le malheur, et comme je fais tout pour que ça m'arrive, il fallait que ça arrive. Je me suis tellement persuadée que j'avais la poisse que le fait de le confesser, a suffi. Je devrais être contente, je devrais être ivre de bonheur, je devrais jouir, je devrais enfin avoir l'orgasme tant attendu.

Et puis, plus rien, le noir complet. Une colombe qui fait le bruit sec quand elle tombe d'un toit sur lequel elle couvait ces petits, le bruit sourd d'un mort qui tombe, qui fait une chute lente, une chute dont le silence me pénètre au plus profond de l'être. On partageait le même ciel. Je souffre pour lui, j'attendais la mort de mon amant. Je l'attendais sans le savoir et je devrais chanter maintenant, mais je souffre.

Passion mortelle. Je souffre de passion mortelle, il pouvait mourir maintenant qu'il avait mis des mots sur mon mal. Je ne voulais rien d'autre que son âme. Il me l'a donné, il devait partir.

Je n'ai pas le droit de souffrir pour lui. Il a signé ma rédemption. C'est ce qu'il pense. Mon double.

Je cours.
Je cours.
Je cours.
Je cours.

Je cours.
Je cours.
Je cours.
Je cours.
Je cours.
Je cours.
Je cours.
Je cours.
Je cours.
Je cours.
Je cours.

Vers ma déchéance.

Trois semaines sans nouvelles de lui ; j'ai pensé qu'il voulait me donner une leçon. Trop bas. Qu'il voulait me donner envie de lui, me pousser à faire un choix, à accepter ce qui m'arrivait, à accepter ce qui nous arrivait.

Il n'arrivait pas à terminer son roman, peut-être que notre aventure l'y avait aidé et que je devais me tenir à distance pour le laisser haleter sur ces pages blanches. Peut-être qu'il culpabilisait, qu'il avait peur de la situation, que je lui avais... Peur de moi. Et je tergiversais, je me rendais malade.
C'était la fin de l'année, je savais que je n'allais pas le revoir l'an prochain, je savais qu'il pouvait rater son bac pour me revoir après, je savais qu'il ne le ferait pas. Peut-être qu'il avait eu ce qu'il voulait, je n'avais pas le droit de penser ça. Pas le droit de le mettre au rang de ces fumiers.

Peut-être, je ne sais pas moi.

Et puis, attendre, attendre qu'il donne signe de vie. Quatre semaines.
De plus en plus inquiétant.
Ne pas craquer.
Rester sur le qui vive.
Aimer.
L'aimer, il faut l'avouer.
Aimer encore plus ce silence qui aurait pu être le mien.
Tellement inexplicable.

Allumer des cigarettes.
Les regarder dans le cendrier.
Me regarder dans le cendrier.
Leur ressembler.
Avoir le même goût de sang.

Et pendant ce temps, son corps se faisait trimbaler de Paris à Aix en Provence, sous un soleil de plomb.

Et pendant ce temps, il pleuvait à Paris.

Je lui ai écrit des lettres tous les jours. Ironie du sort. Je ne les ai pas envoyées de toutes façons, ma sacrée manie de l'insatisfaction. Aujourd'hui je rêve qu'il les lise, je rêve qu'il pose ses yeux sur ses erreurs d'interprétation, sur ces frétillements manuscrits, sur ces élans de plume, sans fond, sans but précis. Errer, mais errer sur des pages qui étaient autant siennes que miennes puisqu'elles lui étaient destinées.
J'aime ces pages parce qu'il les aurait aimées.
Non, je ne vais pas vivre par procuration, je vais accepter de voir la réalité. Accepter de voir en moi, voir que j'aurai pu être heureuse, accepter de m'accepter.

Etrangement, je ne trouve pas cela très grave. Et puis, je m'extirpe de ma fausse rêverie, je prends conscience de l'ampleur de ma connerie au moment où je murmure « c'est beau ».

Et oui, c'est encore plus beau que dans mes aspirations les plus folles, que dans mes songes les plus incongrus. Plus beau que dans tous les cauchemars que j'adore faire la nuit, en ne tenant la main de personne, en écoutant de la musique qui fait peur.

Oui, j'ai la bassesse de trouver cela « mieux ainsi ». C'est con, c'est navrant.
Je reprends ma voiture, là où je l'avais laissé il y a quatre semaines après une nuit d'insomnies et de paroles insolentes.
Alors voilà, me revoilà, la vie s'arrête quelques instants. Pas d'entrevue adriennesque.
Je pourrais inventer un dictionnaire rien que pour lui, et oui, l'amour enfin cet étrange truc qui brûle le ventre vous rend mielleux, vous fait dire les énormités les plus énormes, toutes les choses ridicules tellement parodiées, mais tellement

inimitables. Je ne veux pas dire ces choses là, et je ne voulais pas les vivre non plus.

Je ne me ferai pas l'instigatrice d'un chapitre déchirant d'eau de rose.

Je ferai une page qui coule de sang.

Je voudrais rentrer chez moi fourbue, me « rabougrir » sur mon lit, et regarder le plafond pendant des heures.

Mais je ne peux pas, parce que je respire.

Je regarde la mer. Je suis partie quelques jours, des semaines entières dans la réalité de Philippe, dans sa putain de réalité sans nom mais qui me raccroche à quelque chose.

Pas loin de lui, à Marseille, pour être plus près de son âme, enfin, plus près de son corps.

« Il y avait de belles images dans tes yeux, de vains sentiments, des envies d'encore quand plus rien ne peut donner de jouissance infinie. »

« J'aime te regarder sourire sans raison. »

Tant de mots qui seraient venus souiller sa boîte aux lettres. Tant de choses à lui dire. En fait, non, je n'avais plus rien à lui dire. Alors les gens se quittent quand ils n'ont plus rien à se dire. Nous n'avions pas décidé de partir. Et ce n'est pas la vie qui décide de

vous retirer les gens que vous aimez, c'est votre chance.
Sa mort, c'est gagner au loto de l'existence.

Je suis à la gare et je regarde les trains s'envoler, c'est ma vision des choses et ça ne sera jamais la sienne, ni celle de Philippe, ni celle de personne. Il aurait regardé les trains partir vers une certaine destination, il les aurait regardé avec moi, il aurait attendu, on passe son temps à être patient avec les autres, on ne voit pas les mêmes choses.
Philippe n'aurait pas attendu, il aurait maugréé, et alors? Alors quoi? Tant pis. Tant mieux.

Alors pourquoi je suis venue le retrouver ici, pour lui dire merci, pour lui dire merde. Pour danser. Pour chanter, pour pleurer, pour haïr, pour souffrir, pour le laisser, mon cœur, pour défaillir. M'évanouir et trépasser. Non, je ne le rejoindrai pas dans la mort. Je m'évertue à naître et à mourir à chaque fois que j'ai un nouveau sentiment alors je peux encore naître. Je peux encore mourir. Et je mourrai.

Je pose ma main sur mon ventre. Ca me fait sourire. Un tic pris il y a quelques années et ça me fait du bien.

« et n'oubliez pas, cette parcelle de tristesse qu'il y a dans votre cœur, celle que vous m'avez dite indélébile et que vous aviez souvent dans vos yeux, c'est uniquement ce qui vous fait remarquer la beauté du monde, celle que les gens ne voient plus. Alors gardez-la. Je vous embrasse. Je vous aime. Telle que vous êtes. »

Je n'ai pas vu l'automne arriver, tout est jaune, orange autour de moi, le décor a pris des couleurs. Je suis restée, sourire à l'océan pendant trois mois, pendant trois moi et le temps s'est arrêté.
Pendant ma renaissance le décor a pris des couleurs, le décor a changé et il faut que je m'habitue, que je pense aux prochaines scènes qui vont rythmer ma pièce de vie, ma chienne de vie.
Philippe a pris un sacré coup de vieux, je suis encore sonnée, j'ai les restes de la pièce de théatre de ces deux dernières années dans les veines, à part une transfusion... Non, vraiment, je ne vois rien d'autre.

Vais – je changer les personnages ?

Finalement la mort est la seule chose que j'arrive réellement a affronter. Parce qu'elle est radicale. Il n'y a pas à tortiller. On est là et puis plus là et c'est tout et c'est ce que j'aime. Au suivant.

« Cher Adrien, aujourd'hui le temps est comme tu l'aurais aimé. Il fait froid, un froid sec et pénétrant, celui qui glace les os. J'entends toujours ta musique, veille à la mettre moins fort la prochaine fois, elle m'entête et tu ne changes jamais, cela devient lassant. »

« Je suis allée dans ce jardin que tu aimes tant, ils ont coupé tous les arbres. C'est dénué de chaleur. Il est vide, les enfants n'y jouent plus. Il y fait encore plus froid que l'hiver dernier, je le préfère comme ça, et toi aussi. »

« Tu penses bien que je n'ai pas quitté Philippe, je suis trop lâche et puis, je veux savoir de quoi je suis capable dans ce genre de relation. Il continue à boire, ce que je prenais pour des cuites occasionnelles, sont des bourrages de gueule quotidiens, je fais semblant de ne rien voir, ça l'arrange, jusqu'au jour où il explosera et me dira que même son amante n'est pas capable de voir qu'il se détruit à petit feu. Je n'en ai pas envie, cela voudrait dire qu'il existe, alors qu'il n'est que le fruit de mon expérience, égoïste, soit je l'avoue, mais il faut qu'elle aboutisse. J'attends les reproches, je veux enfin voir ce qu'est un vrai couple. Il prend son temps, mais je nous sens sur la bonne voie, tu rirais si tu me voyais. Alors ris, je t'en supplie, laisse moi t'entendre. »

« Je compte les flocons de neige, les gouttes de pluie, ça dépend. Je n'ai pas fait la rentrée scolaire cette année, il n'y a pas de rentrée. On croit toujours que ça n'arrive qu'aux autres.
J'avais envie d'arrêter, ça n'avait plus de sens, aucun sens. C'est tout. J'ai beaucoup

maigri, je n'ai plus faim. Sans toi, je n'ai plus soif, même un verre de vin ne me fait plus envie et pourtant...
Alors parfois, je me secoue, je ne veux pas me laisser dépérir. Je suis des gens dans la rue, ça m'amuse beaucoup, je m'invente leur vie. Ils rêvent.
Peut- être, sûrement. Alors je regarde où ils habitent, qui ils attendent au coin de la rue, à qui ils sourient, où ils achètent leur journal, s'ils descendent le matin pour aller à la boulangerie, s'ils courent. Et je cours, dans mes pensées, j'invente des choses malsaines, je n'arrive plus à les vivre, ces choses que les gens cataloguent, ces gens qui prennent les autres pour des tordus parce qu'ils n'ont pas le même rythme de vie. Je voudrais réussir à me détruire comme avant, pourquoi m'as tu pris ça aussi? Fallait-il que tu t'envoles avec ce qui me restait de cette envie de mourir? Ne me reste-t-il plus qu'à attendre avec nonchalance la déchéance et la pourriture de l'habitude.

Non, quelque chose doit attendre au bout du couloir. »

Je comprends pourquoi ce cahier est jauni, corné, l'accouchement d'une vie larmoyante.

Je suis fatiguée.

Mathilde a du mal à refermer le livre qui vient de lui dévoiler le passé de cette femme qu'elle prenait jusqu'ici pour une folle.
Mais elle est folle, elle a fait le choix de la médiocrité. Ces pauvres expériences à la con ne lui apportent rien, elles la tuent.
Et je me tue moi aussi de mes sempiternels mensonges.

Mon rapport avec ce bourreau de belle mère, c'est pour mieux me pousser vers la fin de la pièce, vers le gong du dernier combat. Et je ne comprends rien, enfin, je fais semblant de ne pas comprendre. Je reste sur le ring. Elle veut me sortir la tête hors de l'eau, et je continue de nager, encore et toujours, sans jamais voir le bout

du tunnel de l'océan. Parce que, moi non plus je n'ai pas envie de le voir. J'ai envie d'y croire. Il faut que je cours vite. Que je donne une chance à Daniel de se racheter, de se racheter? Mais de quoi est-il coupable, bon sang de bon dieu, de n'être que ce qu'il est. Comme moi, comme nous, d'être un pressé du choix, d'être un obligé de l'existence, d'être un impossible, d'être le fruit du non amour. D'être le fruit de l'expérience.

Ca ne me donne pas moins le droit de pouvoir me conforter dans ce pauvre bonheur.

J'aimerais tellement lui dire que comme elle, j'ai envie de souffrir. Elle a eu le droit il y a des années, elle peut me laisser le mien. Son égoisme m'émerveille.

Elle continue de tourner ces pages qui lui restent en travers de la gorge.
Elle a du mal à les réunir, ses mains tremblent encore, comme après l'annonce d'un terrible événement.
Elle pensait faire des étincelles, elle ne lance que des pétards mouillés.
Il ne suffira pas de poser les yeux sur la dernière page , de la relire une dernière fois pour tout oublier.

La maison craque, il fait nuit depuis belle lurette. C'est triste, quelques heures et corps et âmes vont se réveiller d'un même sommeil. Daniel. Sa mère. J'ai tellement souhaité sa mort, voulu qu'elle crève...

Mais je l'aime. Je l'aime tellement au plus profond de mon être. J'aime l'air qu'il respire. Ses yeux, ses longs cils, j'aime être enfermé dans son amour. Ne plus souffler, écouter son existence.

La confrontation de nos malheurs quand on se tourne le dos. Il m'aime, j'en suis sûre. J'ai envie d'y croire.

- Mathilde... ?

Réveillée dans sa torpeur, les brumes vertigineuses des heures oubliées sur ce canapé ont du mal à se dissiper.
C'est elle.
C'est elle.
C'est elle.
La rivière du souvenir coule doucement dans la bibliothèque froide.

- Vous n'auriez jamais du lire ça.

Son regard se pose sur les feuillets épars.

Mathilde ne se sent même pas mal à l'aise.
Pas une once de gêne.
Leurs silences, leur vieillesse trop vite arrivée, leur silence, leur musique, leur

pluie, leurs instants, leur quête se rencontrent.

La haine de l'amour, les a, en une nuit, rapprochées.

Editions Altesse :
Contact
Lhocine Aliouane
40, avenue Henri Barbusse
94200 Ivry sur Seine

Achevé d'imprimer sur les presses de l'imprimeur ....?
En avril 2003
Dépôt légal : mai 2003
Numéro d'imprimeur :
ISBN 2-951 9956-1 -x /Imprimé en France